AQUARIUS

AQUARIUS

AQUARIUS

AQUARIUS

每個人心中都有一座島嶼，

藉文字呼息而靜謐，

Island，我們心靈的岸。

實習醫生的祕密手記

阿布◎著

【推薦序】
致新一代的學弟

鯨向海（醫師／詩人）

實習醫師是醫師們醫學知識最廣博的時期，等到畢業之後，大家都會往各自的專科深入，就不再有這種機會了。

我跟阿布在同一個環境實習，他寫的事物我不少都經歷過。只慚愧當年我沒有那樣的魄力與才氣，可以將它們一一果敢化作文字，這也造就了阿布和大多數醫學生的不同。

善用隱喻與象徵的阿布（因而不僅滿足於擅寫醫學論文或加入游泳隊或擔任救生員等等而已），更能寫作詩與散文，每每把醫學生日常零星所見美好與哀愁，拔高到更開闊的視野，既有亙古流傳的醫學知識，也有奇幻文學般的詭

譎想像；寫醫學而超越醫學，與所有的美學與藝術共感悲憫，不只寫給過往的生者，也致意未來的死者。

【新版自序】

最親愛的身體／最祕密的心靈

閉上眼睛，我幾乎還能清楚地回想起那些場景。

冷氣過強且永遠陰暗的值班室、開刀房電燒的氣味、此起彼落的NOKIA公務機鈴聲（啊，那是智慧型手機尚未普及的美好年代），以及餐廳裡聚集了分散在各個護理站的實習醫師的員工用餐區。

那是2010-2011年，我還是實習醫師的那段日子。距今大約已八年多前。

在這家時常變更的醫院裡，有太多地點永遠被封存在記憶裡了。值班室經歷過重新裝潢而變得明亮嶄新，餐廳也大幅改建過，員工用餐區被打散，以前常吃的麵攤跟熱炒都已經消失了。開刀房雖然還是存在著，但已永遠對我關閉；我的員工證失去了進入開刀房的權限，像被神祝福的光環剝落，下次再進去大概是以病人的身分了。醫院拆掉舊的停車場，在原有的土地上蓋了新的大樓，一條捷運線延伸過來，附近購物商場、新的住宅大樓如雨後春筍般建立。有些人買了房子，當然，附近的房價也早已翻了好幾番。

但我仍然住在實習醫師時期住過的舊宿舍裡面，室友是大學時代的同學。偶爾我們下班後相約吃晚餐，走過宿舍低矮的長廊時，有一種錯覺，彷彿這段逝去的時間並不存在；我幾乎以為我們還是當年的實習醫師，接到電話，趕赴插一床鼻胃管或補一筆醫囑。

然而當年一起實習的人們，現在幾乎都已在各家醫院裡升任主治醫師，成為新一代實習醫師們值班時的後援，或講台前被仰望的對象。

《實習醫生的祕密手記》裡面的文章寫於2010年實習開始以後，到2012在非洲服替代役的那年之間。如同寫作當時隱約感覺到的，這本書裡寫過的那些文章，我是再也、再也寫不出來了。那些第一次急救、第一次縫合、第一次近距離逼視死亡臉孔的衝擊，現在都已不復出現；腦海中取而代之的是大量鑑別診斷，與幾乎下意識運作的臨床處理流程。這幾年間我獲得了許多，也失去了許多；而弔詭的是，我失去的正是我所獲得的那些部分。

我後來選擇了一門未曾在《實習醫生的祕密手記》裡出現過的專科，成為精神科醫師，通過專科考試後繼續著次專科的訓練；新書出版的當下，正準備要在同一家醫院裡成為主治醫師。

主治醫師之後就要成為帶醫學生的那個人了。就像當年那些曾經指導過我的前行者們，我也將帶領下一代的年輕醫師，踏足醫學這個引人入勝的領域，一起去進行一場探索。醫學的火炬未曾熄滅，從前人的手中，一代一代地交接給年輕的實習醫師們。但學習者的身分還尚未卸下，就要開始成為指導者了，我真的有足夠的資格（而非醫院教職或期刊發表點數）帶領那些初入臨床的柔軟心靈，去接觸他人的受苦了嗎？

在醫學裡，學習似乎永遠沒有停止的一天。有別於《實習醫生的祕密手記》裡所描寫的身體疾病，精神科似乎更看重心靈的那一部分。但身體從未遠去。在醫學中心雪片般飛來的精神科會診裡頭，最常見的乃是譫妄，那是一種因生理問題而產生的精神症狀。即使我已經忘了大部分的內科知識，但那些年的經驗偶爾會跳出來提醒我，這個病人的狀況不對，需要提高警覺。也因為這樣，我曾經在會診時協助會談到一半口噴鮮血而必須插管的個案，也曾在急診抓出了極為罕見的新診斷庫賈氏症（Greutzfeldt-Jakob disease，簡稱ＣＪＤ）。那些當下我是多麼感謝我曾接受過的訓練，以及那些以自身的受苦，而讓我成長的病人們。

但大多數艱深的內、外科問題，精神科醫師是無法處理的。幸好經過那麼多年，我的同學們都已是醫院裡各專科的高手了，有時不一定是正式會診，即使只

是聚餐時隨口閒聊，都能讓我獲益良多。也有些人就此離開醫學，成為人工智慧專家、在藥廠裡擔任要職，甚至只是單純追求自己想要的生活。那年曾經的實習醫師們，現在四散在各自的領域裡，努力成為自己當初憧憬的那個人。

或許我也走在形塑我自己的那條路上。即使我的行醫之路大概不會再有那些鮮血四濺、生死懸於一線的急診室或開刀房場景了（希望不會），精神疾患也鮮少出現如內、外科疾病那樣奇蹟般的好轉，並就此完全治癒；大多數的時候，精神科醫師角色與其說是治療者，還不如說更像一個陪伴者，讓每個人在各自的路上，受苦多少能夠減輕一點。然而我還是在漫長的陪伴中，偶爾會獲得不亞於治癒病人的成就感。那或許是拒學的國中生開始跟班上同學一起煮火鍋的時刻；外人面前從不說話的小女生終於能開口和同學說話的時刻；或者頻繁自殺的青少女說自己最近已不再割腕的時刻。那些時刻如微小的繁星一樣點亮了治療室，好像遠處真的有一條銀河，只要努力伸出手，幾乎就能觸及。

那些都是肉眼看不見，且無法被抽血檢查的數值所定義的事，但我知道：即使很微小，但它們存在。

——寫於二〇一九年五月十六日，值班室

【舊版自序】
盜火者

站在開刀房內，我總覺得我是一名祕教的祭司，手執各種法器，準備進行一項禁忌的儀式。某些醫療行為簡直是神話的隱喻，如在開刀房內放逐病人意識、接手調控生命機能的麻醉科醫師；像遠古部落裡神聖與恐怖並存的儀式一般，羊水鮮血四濺的產房；或是如巫婆水晶球，可窺見微小血管病變先兆的眼底鏡等等。

這可能與醫學濃厚的宗教血統有關。自古以來，有人的地方就需要醫生的存在；每個文明均有自己的醫學體系，在蠻荒時代，醫師通常都由族裡的巫師兼任。那時疾病鬼影幢幢，其成因還不是病毒與細菌，而可能是人體體液的不均衡、遭小人詛咒，或是因為招犯了叢林中的鬼神，而降下災禍。

即使在科學主導的現代，醫學始終是個具有一半神性的科學。還有哪種學科能如此快速地解決人類當前所受的痛苦，穿梭於生死之間呢？更別提外科手術開心開腦，冷硬的器械直接侵入人類最脆弱的生命中樞，修正微調，再夢境般地縫補傷口，彷彿一切都未曾發生，疾病就已治癒。

近代醫學可以說在抗生素這種劃時代的發明之後，才開始加快腳步進展；而擁有我們今日所熟悉面貌的現代西方醫學，其歷史也才短短的不到一百年而已。又比如電腦斷層在上個世紀的七〇年代出現，醫師忽然可以透視進入活體器官；而不到三十年，電腦斷層幾乎已經是許多疾病的診斷準則，也成為連小型醫院也會配備的標準設施。

我想到日劇《仁醫》。男主角是回到幕末江戶的現代神經外科醫師，在那個美國炮艦剛敲開日本武士大門的時代行醫。當主角製作盤尼西林對付梅毒，或用簡陋的外科器械幫病人開腹開腦時，周遭的人應該也覺得這是某種妖術魔法吧。透過各類研究發明的堆砌，我們今天終於站在學術的制高點，憑著科學賦予的法力，與那些原本虛無飄緲的鬼神對話。

曾聽過剛開始見習的學弟說，教科書都太過依賴那些病史詢問與理學檢查了，現在的醫學生只需要加強醫療影像與實驗室資料的判讀就夠了；再精準的理學檢查，或許也沒有一張電腦斷層來看得仔細。許多病人也這樣認為著，覺得醫師慢條斯理地在身上敲敲叩叩非常可疑，不知是否不會看病或在圖謀不軌；而健保費都繳了，來醫院就是要抽血、照核磁共振，享受各種高科技服務，才算精確診斷，才能回本。

考完醫師執照之後，我被分發到非洲的醫療團服役，見識到古老時代醫學的原貌。小國家全國上下連正規醫師數量都不足，而即使身處該國最後一線的醫學中心，醫療資源仍然極度缺乏。那是在台灣無法想像的：例如整間醫院的生理食鹽水已經缺貨數月，最簡單的胸部X光時有時無，而抽血報告則很久都沒看過了；更別提電腦斷層，它早在幾個月之前就已經故障待修。

於是醫師所剩可以信賴的武器，就只有掛在脖子上的聽診器，以及口袋裡的扣診槌與筆燈了，醫學又回到叢林裡，沒有科技作為後盾的時代。在這裡，死亡是命運的旨意，愛滋病是魔鬼的詛咒；醫師在病房內治療，牧師在病房外布道（也常會走進病房內，那個印象中該屬於醫師的領域）。沒有無謂的醫療糾紛，沒有處處受制於保險規範的醫療行為；病人川流不息，有些過世了，有些康復出院，醫師坐鎮於此，用最古老的儀式，重新學習謙卑地面對那些疾病。醫學與宗教在此合而為一，找回神性的柔和光芒。

我想到古老神話中的普羅米修斯，天庭的盜火者。醫師的武器幾乎都來自死亡（大體、組織、病理切片）與疾病（病人受苦難的病史、各種病理機轉在身上留下的痕跡與線索等等）；而如王溢嘉醫師在《實習醫師手記》中所言，又有怎麼樣的職業，可以用如此客觀、理性的態度來審視同類的痛苦呢？我們的職業，無非披著冷靜的白袍，如端詳一個義大利手工皮件或一件北宋窯燒瓷壺那樣，指認神經解剖學實驗裡被切片的大腦；或將各種探測儀器管路伸進體腔內，像鎖匠瞇著眼把鐵絲探進小小的鎖孔，東鑽西撬，想破解那深埋核心的祕密。

前輩王溢嘉醫師在醫學系畢業後放棄行醫，全心投入文壇之後曾說，他覺得對醫學有所虧欠。那是一種在不知情的狀況下，意外參與了某些禁忌的祕密，一種盜火者的歉疚感。

而數十年後的今天，台灣醫療在健保給付與浮濫訴訟的夾攻之下愈來愈難生存，而被打落凡間的醫師們，動輒成為輿論批鬥的對象。醫病關係扭曲為服務業與顧客，法庭上醫師被視為罪犯，而新聞播出的賠償金額屢創新高。沒醫德A健保草莓族等字眼滿天飛舞，這更像普羅米修斯盜出火種所付出的代價了；昔日的英雄被人遺忘，放逐到荒涼的高加索山上，在石柱上銬上腳鐐，日夜承受禿鷹啄食肝臟的痛苦。

然而，偶爾宣布病人治癒而可以出院時，他們臉上會露出一個欣慰的笑容。那就像是微弱的火苗，黑暗裡一閃即逝，卻提醒著我們，曾經從天庭最深處盜出的火種，在寒冷的夜裡，足以提供溫暖與光。

於是，年輕的普羅米修斯們又披上白袍，睡眠不足地走出值班室，準備接受新的考驗。那些偷渡出境的火苗，有些熄滅了，有些燒得更旺；或許有一天，人間的夜晚會因為火種而不再寒冷，而盜火者終於能得到諒解，解開手銬腳鐐，重新回到他該去的地方。

我是如此希望著的。

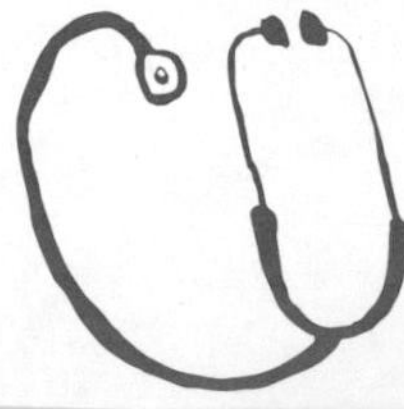

目錄

【推薦序】
致新一代的學弟　鯨向海（醫師／詩人）　9

【新版自序】
最親愛的身體／最祕密的心靈　11

【舊版自序】
盜火者　15

【開始了】
即將失去的事　25

輯一　火炬
——新手上路，裝備記事

那些都是肉眼看不見，且無法被抽血檢查的數值所定義的事，但我知道：即使很微小，但它們存在。

白袍　30
面具　33
手機　40

結繩記事 42
洞巾鋪上之後 49
守歲 53
針扎 61
晨血 68
移植 74
臨行密密縫 79
外科醫師的手 83
開刀房內的巫師 90
主治醫師的笑 96
醫學辭典 103
晚禱 112
天空之城 115
值班室有鬼 117
鬼月 120
員工用餐區 123
雞排巷 127

輯二 成爲

——失去的，正是獲得的

那些時刻如微小的繁星一樣點亮了治療室，好像遠處眞的有一條銀河，只要努力伸出手，幾乎就能觸及。

最後三十分鐘 134
洞天 139
眼底的風景 148
整形外科的兩個世界 152
上將 155
阿靖的病房午後 161
拍痰 164
安慰劑效應 168
婚禮 171
產房 175

包心菜 181
不存在的孩子 186
野餐 189
臉譜 192
精神時光屋 200
膝蓋 206
遷居 208
【曾經道別】
最後一夜 215
【舊版後記】
關於本書 221
【附錄一】
珍貴無比的…… 宇文正（聯合報副刊組主任） 226
【附錄二】
讀阿布的醫療散文 陳義芝（作家） 230
【附錄三】
漂浪之後，書寫誕生 吳妮民（醫師／作家） 233

【開始了】即將失去的事

五月底，變成實習醫師前，一連串兵荒馬亂的職前訓練告一段落，利用最後兩天的空閒回家一趟，順便到高中母校閒晃。

當年我們一起撐過一次又一次振筆疾書的考試，下課後從球場大汗蒸騰回來，在昏暗的燈光下脫了上衣彼此血肉貼近血肉的高三老教室，已經拆掉重建，變成一棟結合圖書館與其他藝能教室的氣派大樓。忘了是大一還大二的時候，曾經在網路上聽到舊教室拆除的消息，呼朋引伴與高中同學一頭熱血地衝回台中；一群許久不見的老朋友站在夕陽下，看著正拆除到一半的教室，追憶當年那間充滿塗鴉、汗臭、桌椅永遠凌亂的原本我們的地盤。散落的混凝土塊中，鋼筋無言地伸向天空；一架怪手的剪影停在斷壁殘垣之間，彷彿某種悲傷的後現代紀念碑。

圖書館隨後也拆掉了。那是一棟中規中矩的日據時代建築，方方正正，就座落在校園中央。到了高三，許多同學幾乎都變成以圖書館為家；在最後衝刺的幾個月，有些人索性連課都不去上了，用課本、講義與參考書在久居的閱覽室位置上砌了一堵牆，牆上貼滿「台清交成」、「加油，撐過去！」之類的便利貼，像是一道一道的符咒，把自己，也把青春一層又一層埋在裡面，加上封條。

圖書館後方原本有一排販賣機，在隨手杯飲料還不盛行的時代，賣著奶茶、可樂等各種高中生喜愛的罐裝冰鎮飲料；雖然常出現山寨版或是瑕疵品，但是男生們根本不管這些。我們之間總是會流傳著各種關於販賣機的最新資訊，某某台販賣機最近開始會吃錢，要小心；另外一台販賣機在某個時間點連按五下，就容易中獎；還有更祕密的，其中一台只要踹得夠用力，就會掉好幾罐飲料出來……隨著圖書館的拆遷，站崗的販賣機們不知流落何方；以前那種投十塊就會掉出一罐冰涼礦泉水的單純時光，也很難有機會遇到了。

幸好，校門口的飲料店還在，價格與味道都維持了記憶中的水準。這家飲料店原本只是歷屆畢業生們共享的私密回憶，在網路的傳播下，居然變成了知名的觀光景點。當初流傳在同學間，私下發明的無厘頭混搭飲料，也成為招牌上沒有但每個人都必點的私房菜。那是一種通關密語被人知曉，回過頭卻狼狽地發現竟然無人認識自己的窘境。

提著手上冒著水珠的芋香布丁珍奶，高中時最愛的自創飲料，離開熟悉的校門口。頭髮抓成各種時髦造型的新一代高中生晃著背包，紛紛從身邊走過，聊著我們早已無力插嘴的話題。我突然明白，在這從醫學生轉變為臨床醫師的尷尬交界，有些能力我們正慢慢地得到，而同時也有些東西是我們即將永遠失去的。

輯一

火炬——新手上路，裝備記事

那些都是肉眼看不見，且無法被抽血檢查的數值所定義的事，但我知道：即使很微小，但它們存在。

白袍

大四上學期，我們領到人生中第一件白袍。

那是為了社區醫學這門課，必須要穿著白袍到醫院診間、衛生所或山地醫療站等地方見習。白袍作為進入臨床醫學大門的識別證，穿上白袍，我們就被賦予接觸同類最深沉的病痛與隱私的權力。即使那時候連基礎醫學課程都還沒上完，聽診器、筆燈什麼的也沒買，我們就已領到一件白袍，心裡虛虛的頗為不踏實；彷彿從未來的時光中，動用了什麼現金卡之類魔術，預支了這樣一個醫者的形象。

即使嚴格來說，這時的我們尚未進入醫學的大門。

套量白袍的那天，醫學大樓底下亂哄哄一群人圍著。廠商阿姨從人堆中拿了幾件不同size的樣本白袍往兩手空空的我們丟過來，接在手裡沉甸甸的，布料頗有分量；那些樣本白袍不知是有人穿過或被太多人套量，領口、袖口有些油膩黃黑的髒汙。很難想像這就是我們日夜苦讀、向上天所酬換來的治癒能力象徵。

過了幾天，四套嶄新的白袍發了下來，一群大四的小鬼頭興奮地將那些飄著紙漿味、硬邦邦筆挺挺的白袍珍而重之放進背包。之後要用到它們的日子裡，總會看到稚氣未脫的男孩們特意穿了襯衫、打領帶，外面罩上摺痕猶在的新白袍，怯生生在醫院走廊上東張西望。

那時候許多見習的科目都是由該科總醫師帶我們上課。總醫師學長坐在長長會議桌的另一端，在電腦放出來的投影片前，對著我們這些菜鳥講解該科各種檢查與常見疾病。投影機冷色的燈光下，學長裡面穿著藍色的值班工作服，外面披著的白袍，衣襬上有一斑一斑黃色咖啡色的各種汙漬（看起來像碘酒），袖子高高捲起至手肘，這讓黑暗裡賣力揮著手示範理學檢查的學長更顯憔悴；彷彿阿嫂或工友之類的，在累了一天的工作之後，站在菜販前比手畫腳地殺價。

「天啊你看到他的白袍沒有，超噁的！而且袖子捲起來真的有夠醜，我以後絕對不要穿成這樣。」坐在前面的同學回過頭來小小聲跟我說。

兩年多之後，我自己也進入了醫療業務的核心，穿上了藍色值班服變成實習醫師。這個晚上的急診室相當忙碌，外面志工又推進一床呑安眠藥自殺的婦人。那中年婦人相當頑強，即使神智模糊，對於放到鼻孔邊洗胃用的鼻胃管還是極力抗拒，

全身不斷扭動；好不容易靠著家屬壓制手腳放入鼻胃管，洗胃時，活性碳卻又不小心在管子內壓力太大爆開，墨汁般噴得滿身滿臉。還沒來得及清洗，護理師又拿了另一床的導尿包給我；這是一個中風的伯伯，將紙尿布打開時卻發現裡頭已經一團糞尿模糊。正在跟家屬一起手忙腳亂清理，布簾外護理師又喊：「實習醫師，幫我做一床心電圖喔！」

這個時候，我突然覺得身上寬大的白袍很是累贅；那件領口與袖口已經髒兮兮積滿黃色汙垢的白色布料，背後是多麼龐大而沉重的隱喻。光鮮亮麗的白袍只存在於剛拿到手的那一刻；那些沾在其上的汙漬，像是病人們揮之不去的病痛和苦難，一部分吸收為知識，其餘糟粕則沉澱為白袍上洗也洗不掉的汙漬。白袍的宿命從穿上它的第一天起就開始變舊、變髒，那些汙垢註定緊緊依附著我們，隨著我們變成總醫師、主治醫師，一直到終於要脫下白袍的那一天為止。

面具

還沒開始接觸病人之前，我們就先學會戴上面具。

正式進入實習生活的前幾天，密集的職前訓練中必然有一堂課是關於傳染病防護。這堂課會把穿著嶄新白袍、昏昏欲睡的實習醫師叫醒，讓同學互相幫忙穿上太空裝般的隔離衣，戴上口罩；彼此熟悉的臉孔隱沒在一身制式盔甲之內，像電影裡即將執行任務的太空人或特種部隊。負責感染控制的資深督導則列舉了肺結核、SARS等疾病，在一旁嚴肅提醒：以後不管怎樣熱怎樣煩，在接觸病人之前，一定要戴上口罩。

我們也學會如何正確穿戴外科不織布口罩：對好口鼻，上下拉開，綠色無塵的布面剛好遮住大半張臉；四條白色長繫帶打個結繫於後方，走起路來白色帶子衣袂飄飄。我們看起來簡直像是真正的醫生，但其實心裡明白，這只是如特務探員潛入

敵方基地的偽裝，一種在病房之間行走的保護色。

我們需要口罩。

口罩不只能防止傳染病，也如同我們的青銅面具，背後撐起醫學威嚴的大旗，虛張聲勢，企圖遮掩面對張牙舞爪的疾病時，臉上洩漏出的惶恐與挫敗。值夜班時，往往趕到值班區域還來不及放下背包，病人的各種狀況就已緊追而來：「為什麼我爸爸還一直在發燒？」「她哪時候才可以下床走路？」「我媽她那麼喘要怎麼辦？」我沒一個有確定答案，灰頭土臉，連忙拉上口罩掩飾一臉心虛，溜回護理站打電話請求救兵。

曾有忘記戴上口罩的慘痛經驗。在教學醫院中，新病人住院時通常是實習醫師與住院醫師負責第一線的病史詢問，一方面分擔工作量，二方面也是學習自己面對病人；而這次我剛匆匆踏入病室，還沒來得及戴上口罩，就對上了病人家屬狐疑的目光。果然，她開口便是：「你那麼年輕……會看病嗎？」眼神瞅著我上下打量，充滿了冷冷的不信任感。

我只能好聲好氣地安撫，「阿姨，這裡是教學醫院，先由我來問一些問題，等等會有住院醫師過來再看一次。」

「不要！叫你們主治醫師過來，我兒子不是給你們這些實習醫師當作實驗品的。」她丟下這句話，別過頭去再也不看我一眼；留下我尷尬地愣在當地，空蕩的病室裡迴盪著她擲落的決絕語聲。我身上的全副武裝：脖子上的聽診器、裝滿了口袋書的沉重白袍，以及那副來不及掛上的口罩，這時統統變成了可笑的裝飾品。

而隨著實習經驗的增加，舉止漸漸變得老練，我們也學到該把口罩脫掉的時機。在小兒科時，幾乎每一個小朋友一看到我靠近就哭，絕無例外。明明什麼都還沒做啊！正當我還摸不著頭緒的時候，資深的學姊脫下白袍，除去口罩，露出一張甜甜的笑臉。

神奇地，原本土石流般的哭聲開始轉小；接著學姊蹲下，拿了一張海綿寶寶貼紙送給小朋友，摸摸他的頭，玩起「聽診器捉迷藏」的遊戲。在小朋友最後終於察覺不對準備要開始大哭以前，已經三兩下乾淨俐落地完成了必要的身體檢查。

無論再怎麼偽裝，這副綠口罩的面具，在孩子們眼中大概像是從噩夢裡偷渡出來的鬼臉吧；面具背後藏著的是獰笑的醫生，打針、藥丸，以及隨之而來的各種令人不舒服的未知刑具。在大人世界裡代表了醫療專業的口罩對他們來說，是一張沒有表情的臉，機器人般對正發著燒的他們，施以冰冷的懲罰。

然而很多情況是無法脫去口罩的。高中時，SARS風暴襲台，街上的行人紛紛戴上了口罩。那時面對無孔不入的傳染病，人人自危；不小心喉嚨稍癢乾咳一

聲，馬上被周遭惡毒的目光萬箭穿心，彷彿來自病魔的奸細。即使電視上衛生署官員親赴火線呼籲，日常生活並不需要用到N95這等高階口罩；然而黑市N95價格飆漲反映了不斷增溫的恐懼，人們也樂於採購那些防毒面具戴在自己臉上，同時也戴在心上。一時之間，人與人的相處紛紛加裝了鐵窗，每個人都戴上了面具，沒有表情，任何不必要的對話與人際關係均為不速之客，非請勿入。

而真正需要用到N95口罩的，恐怕是在面對那些被關在病房走廊盡頭、孤伶伶隔離室裡的病人時了。每層樓會留一間隔離病房給那些高傳染性疾病的患者：兩道門，負壓調控，鎖妖塔般層層把關，縛住地底鎮壓著的鬼神，深怕那些肉眼無法看見的妖孽，一個不小心就會從門縫溜出去為害人間。關上房門以後，我們唯一能賴以防身的，就是臉上罩著那碗狀的N95口罩；小心啜飲著面前那一缽符咒滌淨的無菌空氣，滿室病菌群魔亂舞中的定風珠。

N95其實又熱又難呼吸，每個人都避之唯恐不及；偏偏這次進住的病人背後有個碗大褥瘡，一天三次換藥的工作就落到實習醫師的身上。進去之前，戴好口罩，如臨大敵；裡頭是個患紅斑性狼瘡而多重器官衰竭的中年女性，服用大量類固醇，偏偏又得了流感重症，腫脹蒼白的軀體癱軟在病床上。長期臥床的結果，造成腰薦部餵養了個碗大的褥瘡；我的工作是用棉枝沾優碘與食鹽水，伸進去細細清理那個火山口。裡頭血肉與膿汁交纏，深處隱隱有岩漿流動；金黃色葡萄球菌、綠膿桿菌，五彩斑斕的細菌名字在傷口的調色盤上，每天調出或深或淺的疾病塗鴉。

某一天隔離解除，她被移到普通病房；我戴著普通口罩，如常進去換藥，推開門卻只聞一股猛烈的惡臭撲鼻而來。一條結滿腐敗之花的氣味小徑，揭開層層被黏黃滲液浸透的紗布，路的盡頭果然是那褥瘡，妖異而斑斕地盛開著。我忍不住皺起眉頭，藉著口罩的掩飾在底下張嘴大口呼吸，但臭味卻如影隨形地彷彿能鑽入鼻腔，滲進腦髓。

那是死亡的氣息嗎？血肉之中裂開永不癒合的傷口，褥瘡如磨，生命自此一點一滴化為膿血。口罩以內是安全而健康的淨土，而口罩以外是瘴癘之氣蔓延的蠻荒；我們將自己關在健康的防護罩之內，外界花開花落，看似簡單的一小塊布所隔開的，其實是兩個世界如此巨大的鴻溝。

她在某個我值班的晚上過世了。家屬早有心理準備，沒有哭喊也沒有急救，看著心電圖上那條線愈跳愈緩，最後變平。住院醫師宣布死亡之後，我留下負責將管路拔掉，傷口闔起。

引流管順利自體內移除，白稠的膿夾著氣味順勢湧出，趕緊以紗布擦去，用帶線的彎針穿過皮膚，打結縫合，將之永遠封印在體腔裡面。背後那曾經每天與之

奮戰的褥瘡實在太大了，無法縫合，只好用紗布填回去蓋好。最後一條膠帶貼上之後，那臭味的源頭，再也、再也不會被打開了。

不知道為什麼，比起開刀房裡精細的外科手術，我對於這樣的縫合工作更為熱衷。或許這是一種弔亡的儀式，一種遠行前的祝福，以及對家屬的撫慰。在移除外來管路與縫合傷口的過程中，象徵著挾著科學旗幟的現代醫學決定撤軍，痛苦與生命一起消失，用最原始的縫補，讓眼前的肉身還原回一個完完整整的人。

隔天早上，白板換藥的欄位上擦掉了她的床號；同個病房負責今天換藥的實習醫師推著換藥車，看著白板發呆。

「那床病人昨天expire（過世）了。」我正好經過，提醒她。

「哦……是嗎？」她看起來若有所思。「或許這樣也好吧。」

然後我們又拉起口罩，走出護理站做各自未完成的工作。今天以後，我們會漸漸地忘了她的病情，忘了她的名字。然而氣味儲存記憶，或許在未來某個病人身上聞到類似的氣息，會模模糊糊地想起：「啊，以前實習的時候曾經有一個全身插滿管子，每次換藥都要換一個小時的病人；然後，我記得那味道……」

39 面具

但是她的家屬一定不會記得我們吧，只會隱約知道她過世那天，曾經有一個住院醫師宣布死亡，一個實習醫師留下來拔除管線，將傷口縫合。病人川流而過，對他們來說，臉孔遮蓋在口罩底下的醫師，穿著白袍，沒有表情也沒有臉孔；在這場神戲之中，我們只是戴好面具，默默進入自己角色，演出著一齣又一齣關於生死的劇情。

手機

現在是晚上九點，我在病房旁邊的值班室裡，換上寬大的藍色值班工作服，將筆電插上電源開機，準備與一篇論文長期抗戰；茶包沖一杯熱水，手機放在桌上連著充電器，螢幕靜靜地發著光。我的手機是醫院發的公務機，上至院長下至醫學生都是同樣款式：銀色流線型外殼，黑色的塑膠背板，有些女生會在上面幫它加上小貼紙作為裝飾。小小一支手機，此時安靜伏在桌上看似人畜無害，卻如占卜的龜甲，今天晚上是凶是吉，能不能一夜好眠，就得看它的心情決定了。

手機響起，不管身在何處，不管正在做什麼，一定得接。不管你正無限幸福地捧起你的晚餐，餐廳打烊以前及時搶到的最後一碗熱呼呼的牛肉麵；或是上刀站了一天，剛洗完熱水澡，躺在值班室床上感到意識正被一巨大的黑暗吸收；或是剛坐上冰涼的馬桶，以意志力召喚便意……手機總是陰險地在這時候響起。像某種地震或土石流之類的災難，手機鈴聲永遠在你最放鬆防備的時候出現，將你自以為悠閒幸福的假象輕易擊垮，提醒你：嘿，別太大意，你還在值班喔。你是醫生，你穿著白袍。不遠處你的病房裡，搞不好有病人正在與發燒搏鬥，有人喘，有人正在疾病的風浪裡載浮載沉等著你。

手機是我們與醫學簽訂的契約，掛在脖子上的緊箍咒，無法除下，隨時等著遠方的唐僧召喚我們去降妖除魔。我們背負著手機，手機背負著今晚的睡眠。它的天線連接了一整個病房所可能發生的各種病痛與苦難，那些疾病如手機一樣二十四小時醒著，且在夜深人靜時發動的突襲往往來得特別猛烈，常常一通電話，就代表這個晚上幾乎很難睡了。

手機又響了，它自顧自在桌上一閃一閃發出螢光。我從夢境中艱難地把自己挖起，接聽了電話，披上皺皺的醫師袍，腳尖開始在冰冷的地板上尋找我的鞋子。開門，關門，等待半夜無人的電梯，走過病房之間的長廊。

夜裡的醫院靜得滴出水來，我們是疲憊的水桶，盛接著滿滿的睡意，隨著走路的節奏晃蕩；手機掛在我值班服的胸口，也晃呀晃的，彷彿它有自己的心跳，自己的想法。像某種科幻電影的橋段，手機異形般寄生在我胸前，操控著意識，在沒開燈的長廊上，指揮我低著頭邁開腳步，獨自一人往遠處亮著燈的病房走去。

結繩記事

外科值班室裡，處處繩結。黑色或白色的絲線上結實纍纍，繩結如伏在黑暗裡築巢的昆蟲，在椅背的鐵條上、床鋪的梯子上，甚至馬克杯的把手上，一個挨著一個，安靜地棲息著。

打結是外科最基本的功夫。割斷的血管，需要繩結紮緊止血；而切開的傷口，更有賴繩結將分開的兩側組織對齊、靠攏，以利生長。

簡單的結應用在生活各處，繫住鞋帶，繫住衣服，有些設計師善用繩結的質感，結也同時繫住流行時尚，繫住紐約的冬天與巴黎的夏天。但外科結垂吊著病人的生死，若是結鬆開了，無疑是一場大災難；在血管則大量內出血，在筋膜則傷口癒合困難，臟器疝出，若腸道接口處繩結鬆脫，則可以預見接下來嚴重的腹內感染。那些關鍵的結必須打得果決，牢靠，且任勞任怨，直到數月後傷口癒合，線崩繩解，再慢慢地被人體吸收，一切了無痕跡。

據說住院醫師在桌腳綁了無數個繩結之後，才能站上手術台，在病人身上打結；值班室裡那些繩結，如原始人的結繩記事一般，記錄著年輕醫師們在手術台之外埋頭練習的痕跡。我想起之前聽說的故事，常有住院醫師上刀上到一半被主刀醫師轟下來，在旁練習打一百個結，才能再次刷手，回到手術台。

外科實習之前，有一堂職前訓練課程專講繩結。來上課的是外科總醫師，帶著幾位住院醫師作為助教，發下一大把絲線，分頭教我們在原子筆上打結、在鑰匙圈上打結，在任何東西上練習打一個又一個的外科結。

不同於其他的繩結往往服貼於繩索之上，外科結總是昂頭翹尾，如一條驕傲的龍，穿梭在人體組織之間；彷彿藉由精湛的外科結，我們可以再次連結分離的血肉，接起原本斷裂的生命。

外科結有許多種打法，醫師們各有各的門派。有人雙手翻飛，有人習慣單手結繩，也有人愛以器械互相鉤繞，一推一拉，成串繩結挨挨擠擠咬在一起。帶我們的住院醫師學姊一面打結，一面跟我們聊著外科的趣事，變魔術般，絲線不斷在指間繾綣成結，悠閒得彷彿像坐在門口打毛線閒話家常。我們驚嘆於她熟練的速度，學姊笑笑，只說：「速度並非必要，重點是每一個結都必須打緊，打牢，扎扎實實，無論發生什麼事都絕對不能鬆開。」

或許有人認為手術刀最能代表外科醫師，鋒利冷酷，刀起刀落代表著訣別某些生命中曾經重要的事物，也意味著重生；然而大部分的外科醫師比較像是繩結，默默地承受著張力，以自身搭建血肉之橋，讓生命穿過他們，得以延續。

值班室半夜兩點，大部分的實習醫師都已入睡，一片黑暗中，尚未睡著的人感官被濃縮到只剩聽覺，因而特別敏銳。我常常在半夢半醒間聽到開門聲，關門，然後是塑膠鞋拖行過地板的聲音，是身旁空床位有人重重倒臥的聲音，衣服與棉被摩擦聲；然後，很快地，是鼻息綿綿的鼾聲。

但是過不了多久，大約是意識正在黑暗中載浮載沉即將滅頂的時候，急促的手機鈴聲突襲了某個床位，然後是一聲鼻音濃厚的「喂，是……喔好，我馬上過去。」接著如時光倒帶，衣物摩擦聲，拖鞋聲，然後是開門，關門，光線乍放乍收，最後一切聲響與光再度全歸於無。

又有人被叫去開刀了。我們靠著手機鈴聲在黑暗中辨認彼此，在心中為他嘆息，也祈禱著下一個響起的鈴聲，不是自己的。

實習醫師的外科值班有所謂on-call開刀班，顧名思義，這個晚上就是屬於開刀房的。有些平安的夜晚世界祥和寧靜，值班的實習醫師一夜好眠直到天亮；而有時不知是否流年不利，某些日子的刀房有如戰場，車禍闌尾炎胃穿孔大出血……各種災禍同時降臨於一個命運之夜，實習醫師站在手術台前徹夜未眠，隔天撐著眼皮繼續上一整天的班。

然而在手術排程不那麼緊迫的夜晚，沒有了白天的時間壓力，資深的住院醫師大多願意帶著值班的學弟妹，一個步驟一個步驟的慢慢教。我相信許多醫師的「第一次」經驗都發生在值班的夜晚。第一次操作內視鏡的鏡頭，第一次用手術刀劃開人體肌膚，第一次縫合，在人的體內打結。

打結，一個微小的人工植入物，留有我的手跡，此刻要將之永遠放置在病人體內；彷彿透過這樣，我與素未相識的病人從此有了某種不可告人的，神祕的連結。若在隔天的查房時遇到他，腦中會記起前一晚才曾經在這個活生生的人體內打結嗎？藉由繩結縫合起來的傷口，在漫長的時間彼端，會順利癒合嗎？

那條光滑的尼龍線此時在我手裡，幽幽地反射著光，學長從旁逐步講解；我站在主刀醫師的位置，回想起平日師長們在手術台上行雲流水地打結，想照做，雙手卻像故障的機器人，笨拙地不聽使喚。

對，把線的兩端拉好。然後用一端在持針器上繞兩個圈。用持針器去夾另外一頭。對，接下來往兩邊拉，把線拉緊。再一圈逆時針的，然後拉緊……

不對，結鬆了。

一把亮晃晃的剪刀伸過來，喀嚓，剛打好的結應聲而斷。那枚剖半的結自組織裡伸到空中，在手術台的無影燈下反射著光澤，像廢墟工地裡亂翹的鋼筋。「再來一次。」學長說。

線在持針器上繞兩圈拉緊再一圈逆時針然後……「不對，又鬆了。」喀嚓，重新來過。第三次，第四次，汗沿著鬢角流下來，濕濕癢癢滑過頸子，鑽入領口；第五次，胸口涼颼颼的，單薄的手術衣被汗水浸透。再一次，再試一次，這次一定可以把結打穩的。

學長放下剪刀，嘆了口氣。學弟，換手吧，後面的我來就好。

我想起看過的一則新聞，三十出頭的外科住院醫師在手術進行中倒下了，心肌

梗塞；正在我對面埋頭縫合著傷口的學長，差不多正是他這個年紀。新聞沒提到，失去意識的前一刻，他手中是否正握著針線，全神貫注地縫合另一具軀體，打著一個又一個的結？

雖然是在設備充足的開刀房內，倒下去的外科醫師最後終於醒了過來，卻忘記了許多事。報導裡說，他還保有有關醫院大部分的記憶，關於同事，關於開刀房，卻獨獨忘記了妻子、小孩的容貌，只能由聲音回憶。他心底深處記得那聲音，卻不記得所屬的臉孔；那聲音是他在準備下一台刀的空檔，抽空撥電話回家時，彼端由甜蜜溫暖依賴盼望混紡出來的聲線，結成一串埋藏在記憶深處的繩結。

因此開刀房牆上的電話，有著特別長的電話線，是為了方便將聽筒遞給每個手術台上的人。因為頻繁使用的緣故，長長的電話線上，總是鎖著許多結，一個結是一個諄諄叮嚀的註解。這個是「欸對不起這台刀實在走不開，大概不會回家吃飯了不用等我」，那個是「baby睡了嗎？今天晚上刀很多現在才有時間打電話」；手術中外科醫師抬起頭，無影燈照射下有點頭暈，眼前還有無數個結等待編織；有些溜下手術台，沿著電話線攀爬成一條繩梯，垂降到看不見的，深深的遠方。

那位醫師已經不能再開刀了；原本的醫院將他辭退，發給每個月兩萬元的慰問金。那雙曾經在病人體內打結拉穩生命的雙手，如今唯一能打的結，是自己的鞋帶。

一段如鬆脫鞋帶的人生。他在漫長的馬拉松賽事中停下來，蹲下，捏緊繩頭把鞋帶綁好，其他選手從身旁低頭衝刺而過；然後愛他的人牽起他的手，指點沿途風景，下半場比賽一步一步慢慢地走。

洞巾鋪上之後

外科是醫院內學徒制最明顯的領域。每位年輕的外科醫師，都經歷過幫病人用碘酒消毒，然後鋪上一層又一層綠色消毒布單開始，一步一步學習手術的過程。幫病人的手術部位鋪上洞巾，像是剪頭髮時，頸上總會先圍一圈布單，似乎是中古世紀時外科附屬於理髮師業務所留下來的遺跡。

鋪單看似簡單，卻一點都馬虎不得。整個一連串的動作若是無菌做得不好，患者很可能會因此而發生術後感染；而如何將一方又一方的綠色布單在沒有支撐物的情況下巧妙地固定在病人身上，不會在手術中搖搖欲墜，也是一種藝術。這大概是歷時最漫長的一種學徒了。為了這個簡單的動作，年輕的外科醫師們已經經歷過七年的醫學系訓練、申請上專科的住院醫師資格之後，才有機會站在手術台上，為麻醉完成的病人鋪上洞巾。

洞巾鋪上之後，手術前的漫長準備到這裡算是終結，接著就等待著主治醫師出現，為即將來臨的戰爭劃下第一刀。

而今天，為了一顆日益茁壯卻誤入歧途的智齒，我從鋪單者的角色淪落為被人鋪單的病人。

水平智齒的拔除算是一個小型的門診手術，因此各種器械一應俱全，該有的消毒及鋪單也都不能馬虎。剛從樓上血肉横飛的手術房戰場下班，就來這邊角色互換地變成任人宰割的病人；躺在口腔外科的診療椅上，頭頂亮晃晃的無影燈照得我眼睛很刺，索性暫時閉上眼睛。

「會不會緊張？」悶悶的聲音從牙醫師口罩後方傳來，她在一旁擺放器械，一邊回過頭來問我。那些鑿子、鑽子在她的撥弄之下發出清脆的金屬碰撞聲。

我早已被打了局部麻醉劑（啊，那是我臨床最愛用的麻醉藥，神經被麻藥浸潤時原來是那種奇怪的酸脹感），麻木的感覺從牙齦內部的注射處開始延伸，她跟我講話時，已經有半邊臉頰沒有知覺了。我含糊地回答了幾聲。

「好，現在要幫你鋪上洞巾了喔，你可以閉著眼睛休息一下。」來了！像是鬥牛士在漫長華麗的準備動作之後，終於要把他手上那方紅布用一種誇張的手法順勢罩住牛頭；然後重頭戲開始，在那有著健壯筋肉與油亮皮毛的鬥牛生命中最後幾秒，舉目皆如血豔紅的世界裡，那把帶著劇痛與金屬冰涼的尖刀，到底會何時、從哪裡鑽入身體呢……

終於要開始了嗎？

人為刀俎，我為魚肉。我在布單底下張大著嘴無法說話，想到了這句成語。

幸好，麻醉劑非常靈驗，手術過程中沒有特別感覺到什麼痛苦。只是有人拿鐵棒在口腔裡攪著的感覺說不出來的怪。

手術進行中，有一位實習牙醫師在旁幫忙拉鉤及抽吸我滿口血水。不斷聽到我的牙醫師在教學，這顆智齒是如何難拔、該用何種角度把它大卸八塊等等，實習牙醫師一旁嗯嗯地回應著。我也想加入她們的討論，或是看看她們到底在我麻痺的口腔裡進行著什麼樣大刀闊斧的工程；但是苦於一方洞巾隔在我們之間，我不再是跟在主治醫師身旁負責出一張嘴的實習醫師，只能繼續乖乖張口（啊真的只剩　張嘴了），從洞的邊緣勉強偷瞄那些閃著銀亮光芒，在我嘴巴裡頻繁進出的器械。

等到地位互換，自己成為病人之時，我才發現那塊輕軟乾淨的布竟然有如此決絕的象徵意義。病人與醫者楚河漢界般被割裂在兩岸，透過那唯一的洞，病痛是彼此僅有的接觸。洞巾鋪上之後，我們沒有了面目與表情，不再是一個完整的個體，只剩下圓洞露出的、消毒好泛著棕色的皮膚，以及其下的一顆腎臟，或大、小腸，

或是一只張大的嘴巴的存在。我們的主體性在洞巾之下被徹底剝奪。

洞巾鋪上了，我們愈縮愈小；洞巾空蕩蕩的，只剩底下我們露出來的那張喊不出聲的嘴巴了。

守歲

AM 09:23

今天是除夕夜，但是我一早就得背著背包到值班室待命。婦產科的年假以大年初二為界，區分為放前五天假與後五天。雖然上前五天班的人除夕及初一無法回家團聚，但是在以開刀為主的婦產科病房則因過年而早早進入休兵狀態，清閒無事，也可以順便避開過年後「開工」的新病人潮；因此許多人寧可放棄年夜飯，在醫院守歲。

原本平日人來人往的地下街冷冷清清，燈暗著，大多數的店家都拉下鐵門。連病房區也顯得比平常安靜；醫院裡能出院的病人早就在這一個禮拜之中陸陸續續地出院了，留下來的幾乎都是出不了院的重症患者，原本五層樓的婦產科病房也關到只剩下兩層。

然而新生命是不分時刻到來的。我這一層樓多是產科病人，樓下產房在農曆年的最後一天依然生意興隆，接連送上來好幾個剛生完的產婦。病房裡偶爾響起嬰兒稚嫩的哭聲，有時候可以看見產婦穿著粉紅色的病人服，虛弱地踏著拖鞋蹣跚走過，鞋底摩擦地板的聲響在無人的走廊上乾乾地拖了好長好長。除此之外，平日熟悉的忙碌景象都消失了。沒有主治醫師熱鬧的查房大隊伍，沒有在護理站愣頭愣腦的見習醫學生，沒有開完刀後，病人推床輪子喀啦喀啦由遠而近的聲音。

靜極了，這時候的醫院彷彿巨大的神殿，莊嚴肅穆，祕密侍奉著隱形的神祇。

PM 12:07

午餐時間因覓食而走出了醫院。過一條馬路，平日熱鬧的商店街今天也冷清了許多。繞過去巷子口看一眼，常吃的那家火鍋店果然沒開，拉下來的鐵門上貼了紅色的新年快樂。巷子裡的違規停車都不見蹤影，冷風捲著垃圾袋在街上飛跳，四面環顧，彷彿死城。

附近沒有任何一家像樣一點的餐廳開著。最後只好妥協，隨便找了一家還營業的便當店將就點了菜；櫃檯前大排長龍，我在人群外伸長了手，好不容易才搶到一個便當。

離開前的最後一眼，正巧瞥見了電視上新聞正在播放著高速公路的車潮，與天氣即將回暖的消息。

PM 17 : 35

午後趁著暫時無事，回宿舍洗澡，順便用電腦上網。因為過年期間門診休診，在急診值班的同學全部人仰馬翻。有人在網路上留言說，值班的時候，急診進來了一個疑似中風的老奶奶，極力抵抗伸到她眼前的鼻胃管；護理師在幫她四肢約束的時候，原本癱軟的左手、左腳忽然有力地掙扎了起來。家屬在旁喜極而泣，醫護人員全都傻眼。他為這段趣事作了結論：我居然發明了中風的最新療法。

過年嘛，什麼事都有可能發生。

肚子開始餓了。往年這個時候，都已經在老家的餐桌上與堂兄弟爭奪載浮載沉的火鍋料。離開寢室時，看見宿舍交誼廳併起桌子擺開筵席；幾個來見習的中國醫師用電磁爐煮了好幾鍋火鍋，請同樣來交換的外國醫師們吃年夜飯。一群金髮碧眼的洋人圍一圈站著，笨手笨腳學用筷子夾火鍋裡的菜。滑稽的景象，熟悉的味道，過年真的什麼事都會發生。

我一個人走向電梯，火鍋的香味飄蕩在身後無人的宿舍走廊久久不散。

PM 18：40

窩在病房改建的值班室裡，隔音很差的牆壁隱約傳來隔壁房間模糊的說話與電視聲。接到了一通電話，說今天醫院為值班的醫護人員準備了年夜飯，可以去拿便當。

便當紙盒上貼了婦產部長署名的小卡片，「感謝您歲末寒冬仍堅守崗位，在此獻上精心準備的美味餐點，請慢慢享用。」……奇怪，語氣怎麼有點像祭祖時候的禱詞？只差結尾沒有祈求保庇全家平安健康。不過，醫師在醫院值班吃年夜飯的意義，不正是堅守醫院防線，守護住院病人的平安健康嗎？

便當鼓鼓的，打開一看，菜色認得出來是地下街的便宜燒臘；即使如此，我還是把這頓冷掉而糊在一起的年夜飯，就著值班室昏暗的燈光，一個人津津有味地吃完它。

PM 20：17

遠處傳來煙火爆炸的重低音，感覺是從很遠的地方傳來的；穿過了冷空氣的牆之後已經變得模糊，聽起來像悶悶的鼓聲。

好久沒有放煙火了。

忘記是多小的時候，幾個一年只見一次的堂兄弟會在吃完年夜飯以後，吆喝著在透天厝前放煙火。那時候還沒什麼火災的概念，反正對面就是一大塊田，再遠是一排黑乎乎的樹林；長我八歲的堂哥宛如孩子們的領袖，浩浩蕩蕩率領著一群堂弟、妹與鄰居組成的雜牌軍在門口放鞭炮。放最多的煙火是那種陽春的、一根細木條帶著塑膠頭的沖天炮，架在玻璃瓶的發射台上點火；但偶爾也會有一些零用錢能負荷的特殊炮種，火樹銀花、霹靂炮、蝴蝶炮什麼的。有時失控的煙火會在尖叫聲中墜毀在鄰居陽台或屋頂上，而招來大力關窗表示憤怒或屋裡一陣含糊的叫罵；但大部分目標都是朝著田野遠處一望無際的黑暗發射。

空氣中瀰漫著火藥的煙硝，然而那時候我們都不知道，那片視力所及之外的黑暗裡到底藏著什麼。我們頂多站在溫暖的燈光邊緣大吼大叫，對著想像中的敵人軍團發射巡弋飛彈，而從來沒有人真正大膽穿越田野去一探究竟。

而之後某一年回去，那片田忽然建成了比透天厝還高的大樓，鄰居的孩子搬家或上學，早已換了又換；總是帶頭撒野的堂哥考上了第一志願高中，大部分的時間都在補習念書。不知道哪一年起，過年再也沒有人放煙火了。

很久以後我才知道，原來我們眼前的那片黑暗終有一天會散開，變成房子、街道，或我們所熟悉的城市的一部分；而黑暗裡頭，除了墜毀的沖天炮，其實什麼都沒有。

PM 22:13

救護車嗚咿嗚咿從遠處快速接近，愈來愈大聲，到某時刻警笛聲忽然消失，我知道是已經停在急診室門口了。已經是這半小時中第三次救護車警笛。

隔壁床位、值不同樓層的實習醫師被一通電話call去之後消失了很久，直到剛剛才回來。他搖搖頭說樓上有個病人狀況很差，意識差點叫不醒了；血壓如氣溫一路疲軟，不管怎麼輸液都上不來。

那床癌末病人的狀況我也知道，她從兩個月前就住到現在，幾乎每個實習醫師都開過她的醫囑。我們兩個都沒說話，心知肚明搞不好撐不過今晚了。即使在原本應該平安圍爐的除夕夜，疾病還是不停止它的進攻。

AM 00:00

我決定去買宵夜邊吃邊守歲。每逢夜深人靜之時，地下街不打烊的麥當勞與7-11永遠是值班醫師的最後防線。拎著薯條走回值班室的路上，地下街的長廊已經熄掉大燈，卻仍然應景掛著一整排暗著的大紅燈籠，原本應有的喜氣變得格外荒涼。

我想起以前大學時代每逢考前的半夜，男生宿舍總會有一群同學穿著短褲、汗衫，在走廊上呼朋引伴趕在便利商店打烊之前下樓買宵夜。有時也會覺得奇怪，只是坐電梯到Ｂ１去而已，為什麼每次都要一堆人一起去呢？

忽然很想念那些吵鬧的哥們。一群人捧著熱呼呼的微波食物，搥彼此的肩膀說著垃圾話：欸慘了都念不完。你屁咧最好不要考出來又九｜幾。哈哈哈哈。那時候的記憶似乎只有永無止境的原文書、三十秒定生死的跑台考；但是一群沒念書的人聚在一起，似乎也不再那麼可怕了。那些同學，當中大概有許多是分散在各個樓層，與各科的疾病戰鬥著。不知道此時此刻，他們會不會想找個人一起吃宵夜守歲？

正當我回到值班室靜靜吃著薯條的時候，另一個實習醫師推門進來，順手從我的袋子裡撈走幾根薯條，頹然坐倒在椅子上。說樓上那個病人腫瘤出血的狀況還是沒改善，家屬圍在走廊上低聲討論許久，決定簽了不急救同意書。

沒吃幾口，他又接到電話，匆匆地離開了。

我一個人解決了剩下的薯條，忽然遠處鞭炮聲大作，拿起手機一看，00:00。十二點整，新年了，今天是大年初一；告別一個農曆年，時間被無聲無息翻了一頁。然而未來的一切不會有什麼不同，充滿喜氣音樂與紅色爆竹的年假只是暫時休息的逗點；過完年，又是一連串排隊而來面目模糊的日子。還是有孕婦會生產，有人開刀告別體內某個器官，也會繼續有臨終病人簽下不急救同意書；然而這一切一切，都是過完年以後的事了。

我躺回床上，盯著上鋪黑色的木板，心裡對自己說：新年快樂，希望新的一年，每個人都能平安健康。

針扎

一切彷彿慢動作播放，病人的手掙開約束帶，一掌打中我持針筒的右手。才剛刺入病人體內的針尖帶著串串血珠躍出皮膚，閃著金屬的光芒，劃開了我的乳膠手套。

微微一痛，然後我看見我自己的食指皮膚出現一道白色的裂痕，然後慢慢地、慢慢地滲出了血。我自己的血。

我心裡一涼。針扎了。

太多噩夢般的疾病是靠血液傳播的，許多文化中被視為力量泉源的血，在醫

院的疾病叢林裡，反而是一個邪惡的隱喻；你永遠不知道這滴血裡面藏的是愛滋病毒、是肝炎，或是梅毒等等，見到了血，我們層層防護，避之唯恐不及。但在醫院工作的醫護人員（護理尤甚），幾乎都有被針扎過的經驗，在病人不知是否帶有血液傳染病的狀況下，更增加了醫護的陰霾。針扎被現代醫務管理學視為「系統性」的問題，發生針扎後，不會將之簡單歸咎於傷者的不小心或運氣不好，而是仔細地、系統化地追究針扎過程，務必消滅各種發生針扎的可能情境。

所以在那天清晨，我推著工作車去抽血的時候，並沒有意識到自己身處於被針扎的高風險情境下（清晨光線昏暗，且睡眠不足）；而且接下來的十幾分鐘之後，我將會真的被針扎。

那是一個久病臥床的中年女性，已沒有意識，四肢攣縮成如子宮內的胎兒，兩眼空洞地望著正上方的天花板。她的血管因為長期抽血而纖維化，硬得像橡皮管；護理師沒辦法從周邊小靜脈內抽血，因此特別叫實習醫師直接抽大腿深處股動脈的動脈血。

我拉開床簾，日夜陪著她的丈夫睡眼惺忪地自陪病床上爬起，幫我除去病人的褲頭，讓我在她的鼠蹊部用酒精消毒。她此時也從睡眠中醒了過來，無意識地掙扎，像一尾久旱的魚，在砧板上扭動身體；她的雙手被約束帶綁在床沿，大腿很瘦，皮膚鬆垮地掛在筋骨上，但兩隻腳又踢又扭的力氣奇大，使我不得不請丈夫按住膝蓋，讓我有個靜止的瞬間下針。

針才剛刺下去，病人的全身劇烈地抖動一下。此時我眼角的餘光看到，原本應該綁著白色約束帶的病人的手，離開了那白色布條的封印，直接朝我一巴掌打過來，撥掉我入針的那隻手；針頭跳出體內的瞬間，正好劃過了我在旁定位血管的手指。我還沒來得及感覺到痛，馬上低下頭，已看見我手指上劃開一道血痕，開始緩緩地滲出鮮血。完蛋，我被針扎了。此時，遲來的刺痛才傳到我一片空白的大腦，隨著心跳一陣一陣地，纏繞在手指上。

這原本是不應該發生的。一瞬間我隱約猜到了發生什麼事：病人的丈夫大概是不忍心她這樣每天被布做的手銬銬在床上，於是在晚間把約束帶鬆開；而隔天抽晨血的實習醫師來到床邊時，他才猛然驚醒，迷迷糊糊間，竟然忘了把約束帶綁回去。因為有著約束帶而沒提防病人雙手的我，就這樣成為針扎的受害者。

病床旁一片靜默，兩人各有心思：我飛快地想著除了包紮傷口，接下來還要往上通報，跑針扎流程，病人不知有沒有帶病等等；而她丈夫則在擔心那支被撥掉的針頭，有沒有順勢擦傷了她什麼皮肉，對剛剛發生的針扎會造成後續怎樣的影響，一無所知。

簡單用手邊就有的優碘與防水膠布包紮之後，我丟下工作車，直接衝去護理站的電腦前，點開那位病人的病歷。此時腦子裡閃過了無數念頭：要是病人有C型肝炎怎麼辦？甚或是愛滋病？C型肝炎目前還沒有有效的疫苗與篤定的治療方法，而愛滋病感染在台灣雖然少見，但前一陣子不是才在一個長相清秀的年輕人身上測出來過嗎？實在也不能掉以輕心。雖然只是點幾下滑鼠的時間，思緒卻千迴百結，等待檢驗報告頁面開啟，心情隨著滑鼠游標起起伏伏，猶如當年放榜時刻。

幸好那位病人是洗腎患者，在這家醫院裡，洗腎患者入院前一定會驗全套的愛滋病與肝炎。我把電腦頁面拉到最近一次檢查，愛滋病，陰性；B型肝炎，抗原陰性；C型肝炎，指數略高，但還在標準值以下。

我鬆了一口氣。

在一旁的護理師們知道我被針扎了，紛紛圍過來慰問。護理人員是針扎機率排名第一的職業，幾乎每個人都有被針扎過的經驗，非常能感同身受被扎瞬間的慌恐與不知所措；甚至有人好心地提議自願幫我把剩下的血抽完，因為她先前針扎之後好久一段時間，連拿針都有心理陰影。

那個上午我請了兩小時的假，根據流程的規範，脫下醫師袍乖乖到急診室去檢查，從抽血的人變成被抽血的人；此外，也趁病人洗腎的時候，要了幾管病人的血送去化驗。

除了早上的插曲以外，這天就在看病人與開醫囑之間，一如往常地過了。晚上與大學的系隊下高雄比賽，遊覽車駛在夜裡的高速公路上，我幾乎已快要睡著了，迷迷糊糊間手機響起，是一個陌生的號碼。

「學弟，我是今天值班的住院醫師。」我一聽，瞬間睡意全消，是不是我的病人出了什麼緊急狀況？「呃……要跟你說，剛剛檢驗室通知我，你今天早上針扎的那個病人，C型肝炎，positive（陽性）。」

我忘記之後是如何結束那通電話的。心下沉到很低很低，車上喧鬧的卡拉OK歌聲飛到離我很遠的地方了，窗外路燈像光的柵欄一樣，把黑夜分割成一條一條，我毫無知覺地以一百公里的時速往黑暗的深處前進。

C型肝炎。

考試時或被主治醫師抽考時忘得一乾二淨的醫學知識，此時都清晰無比地浮現出來。根據統計，針扎後約有近一成的機率感染C型肝炎，目前仍無疫苗可以預防，而且尚未有副作用少且肯定有效的療法。比B型肝炎恐怖的是，高達一半至八成的C肝感染者會成為慢性感染；病毒與宿主細胞在生命週期裡纏綣纏繞，一曲航向癌變的迴旋舞，最終的目的地是：大約有兩成至一半的機率會產生的肝硬化或肝癌。

愛滋病針扎僅有千分之幾的感染率，且尚可在針扎後服用抗愛滋藥物作為預防，而C型肝炎不是。無法預防，無藥可解。它是藏在暗處、眼睛閃著光的詛咒，寓言裡永遠無法停止流血的，隱密的傷。

有相當高比例的醫學生在對疾病的知識增加後，對自己的身體狀況感到焦慮（所謂慮病症）。因此每個皮膚上突然出現的斑點都不尋常，偶爾咳嗽也令人不由自主地懷疑起肺結核感染。實習醫師們在各科間來去輪訓，那些病痛的臉孔沉澱在記憶底層，只是偶爾被攪動翻起，會成為影子，在夜深人靜時注視著你。

肝病一向是台灣的國病，身邊也聽過幾個壯年醫師突然發現自己黃疸，超音波檢查，肝癌。而那些腸胃科看過的，腫脹著滿肚子腹水、暗黃皮膚上靜脈暴露的肝硬化患者形象，盤旋環繞著我的腦海。

此後的幾個月，臨床忙碌的腦袋告一段落的時候，總會有個聲音鑽出，如槌子在腦袋內敲擊，提醒我：最近覺得比較累，有沒有可能不是單純因為值班值太多了，而是肝炎的早期徵兆？偶爾吃不太下，會不會是身體出了問題而不自知？開始如數饅頭般地過日子，盤算著檢驗空窗期是否已過，該再去抽血檢查一次了。

幸好，接下來的檢查都是正常無礙，直到六個月後，肝炎的陰影才逐漸從我生活中淡去。

針扎後曾請教肝炎權威的老師，他回信叫我放心，說沒有接觸到較大量的血液，其實感染的可能性微乎其微。但偶爾想起那段提心吊膽的日子，還是不禁回想，不管機率多小、各專家或教科書的再三保證，還是有感染的風險存在，例如曾在感染科聽過先前安分守己，僅去國外嫖妓一次就得到愛滋病的案例。感染，不是零就是一，沒有灰色地帶；再多的機率算法都只是安慰自己，底牌一掀，真章立見。若是真的感染C型肝炎了，怎麼辦呢？日後人生是否自此帶著疾病暗暗作痛的印記過活，繼續計算著慢性肝炎的機率、肝硬化的機率、肝癌的機率，以至於死亡的機率呢？

醫護人員針扎的機率是每人一年會有一至兩次，此外還有被傳染腸胃炎，甚至肺結核的風險，在醫院也偶爾聽說那些因照顧病人染上疾病，最後辭職甚至喪失生命的案例。終日與疾病肉搏的醫師、護理師們，偶爾也會遭到它們的反擊。這是最殘酷的籌碼了；那些喜歡擲骰子的惡魔藏在醫院的角落，還在暗暗算計著下一場賭局遊戲。

※註：相關流行病學數據取自疾病管制局。另「人類免疫缺乏病毒」，即HIV，其感染者事實上與愛滋病（AIDS）在醫學定義上略有不同，但大眾常將之混用，因行文考量，在此並未作嚴謹區隔。

晨血

五點三十分，手機響起，代表著一天的工作正式開始；睜開眼，整間漆黑的值班室裡僅有門縫透進來的微光。下鋪的學長呼呼大睡著，我必須以極緩慢的速度小心起身，輕柔地離開溫暖的被窩，抓著冰冷的鐵梯下床，光著腳在地板上摸索著昨晚隨意踢下的鞋子，以免稍一出力就「吱該」作響的簡陋鐵床吵醒一夜疲憊的醫師們。

三月的清晨，天才濛濛亮；經過交誼廳時，我總習慣走近大片窗戶前看看清晨的城市，順便讓自己缺乏睡眠的頭腦清醒。今天的窗外有霧，幾乎讓我一瞬間以為我回到熟悉已久的，位於盆地邊緣的山上，冬天永遠雲霧繚繞。但這面窗看出去正是整個台北，甚至全台灣最核心的地帶：一條筆直雄偉的大路延伸過去，就是紅色的總統府；再往另一方向看去，兩座巨人般靜默肅立在黑暗中的，是國家音樂廳與戲劇院，護衛著視線被遮蓋處的藍色琉璃瓦的中正紀念堂。這座醫院在一群矮房之中拔高聳立，彷彿象徵著醫學力量的紀念碑，是難以撼動的，保佑著台北盆地的居民。

但是這些偉大的建築物，都還在霧一般的睡眠中尚未醒來時，護理站已開始忙碌，桌上備好一整盒的檢驗單與血液試管，這是今天的第一件工作，等著我完成。

來到這間大醫院最不適應的就是每次值班過後的清晨，都要抽晨血。抽血、放靜脈留置針，在許多的醫院裡，這些技能有如「捏麵人」或「皮影戲」之類的古老技藝，在實習醫師族群之間慢慢地失傳了。畢竟一個打了二十年針的護理師，怎麼想都比我們這些毛手毛腳的實習醫師們要強得太多。不但節省效率，減少病人的痛苦，護理人員大概也會覺得比起在背後照顧這些笨拙的實習醫師，還是自己挽起袖子上陣來得簡單一點吧。

但不知為什麼，這間大醫院卻依然保存著這項技術至今。或許在那大廟般的醫學殿堂裡，亦謹守著百年前的學徒制，實習醫師要從這些最基本的打雜開始學起。

在熟悉的那家醫學中心，我親自成功抽血打針的經驗屈指可數。那家醫院以效率著稱，病人在上病房之前，檢驗就已經在樓下的櫃檯做好了，數據在電腦上都查得到；早晨抽血則有如戰場，護理師們推著「戰車」一溜煙就抽完整間病房的血。這也不能怪她們太急太快，畢竟健保制度下所能配給的醫護人力就如此缺乏：在有限時間內，醫生做好該做的鑑別診斷，護理人員抽好該抽的血、放上該放的管路，

過於精緻化的分工，或許是講究節約與效率的政策所帶來的結果吧。

先前已請教過在這裡實習已久的同學們，該如何「第一次抽血就上手」。他做了個打針的手勢，「找到靜脈，綁起來，下針，就這麼簡單。」

真的這麼簡單嗎？我忐忑不安地推著我的「戰車」，上面貼了張紙，列了一串病房號，我的任務是對照出每個床位該送檢的試管（它們已貼心地一包一包照床號分類好），估計要抽的血量，然後在病人身上偷搶拐騙足量的血液，灌進試管裡。

清晨五點多，病人大多未醒，我的出現是睡眠中一個惱人且真實的噩夢。我疲憊的腳步拖著長長的影子在長廊間巡邏，輪子輾過地面的隆隆聲忽然停下，推門；老舊的木門轉軸發出吱呀一聲，彷彿門後黑暗被壓縮的聲音，悶悶的，乾乾的。

「某先生，早安，我來幫你抽血嘍！」病人迷迷糊糊應了一聲；或許醒了，或許還睡著，我甚至無暇辨認他的臉孔，揣著不安的心冷汗涔涔，只求這次能一針見血，順利到位。

辨識完病人身分之後，便是考驗手感（或手氣）時刻了。靜脈在肌表蜿蜒如河，但有些河道太細，有些太彎，都不利於針尖大口汲血；因此第一個考驗便是找到適合的靜脈。

而一個病人的身體狀況，也可從他的靜脈略知一二。那些因為急性原因而住院的健康成年男性是最受實習醫師歡迎的病人，靜脈如壯碩樹根攀附在糾結的筋肉之上，如同他們的生命力，粗大而強韌。腎臟科的病人則是屬一屬二的難抽，大部分的靜脈都淹沒在逐漸高漲的組織水腫之中，往往手腳都找遍了還是找不到一條適合的靜脈。又曾經抽過一位臥床已久的女病患，她的手腳坑坑疤疤都是針孔肆虐的痕跡，血管堅韌得像一條橡皮水管，在指尖下滑動著彷彿堅決地抗拒著針頭，那些都是反覆抽血引發的感染與纖維化，比病歷上冷靜的白紙黑字更詳實、具體地記載了入院之後所曾受過的苦難。

我在臂彎肌肉的山脈中跋涉，溯一條深藍色的溪；確定地點後，像水質抽查員般縝密地消毒，拿出針筒，開始在皮膚上鑿井。

皮膚表層及血管壁上皆密布著神經，因此針尖必須毫不猶豫地穿透皮膚與血管，然後精準地停留在管腔內，接著開始源源不絕地抽取血液。眼見針筒裡噗嚕噗嚕流出黑色的靜脈血時，有如探勘到油井般的雀躍，有些病人在抽完血後還會溫馨地讚美你說：「哎喲，看你那麼年輕，技術還不錯嘛！」臉上得意的光彩太盛，暖洋洋的彷彿陽光照在身上；而假如運氣不好或病人實屬高難度，那就最好硬著頭皮先幫自己找好退路（呃，這位小姐，你的靜脈太細了，我實在沒有把握一針就上，請您見諒）。然而再怎麼抗拒，該抽的還是要抽；兩雙眼睛盯著，一針下去，勝負

立判。若這是一發空包彈，很快就能在正前方五十公分處感受到病人變了臉色，眼神如電一樣射來。前幾分鐘還技術不錯、年輕有為的醫師，瞬間變成了笨手笨腳的實習生、庸醫、蒙古大夫；是的，被照妖鏡打回了原形。

沒有人故意要讓病人痛第二次的，也沒有人願意給自己找麻煩；因此在實習醫師之間，以及醫學系直屬的學長、學弟之間，總會流傳著一些小技巧：諸如下針角度、持針手勢，甚至如何安撫、哄騙病人等，各有各的門派與巧妙。因此，常常這位學長教的，那位學長搖搖頭說不對，這位學姊密傳的下針姿勢，馬上又被另一位學姊糾正過來。到最後似乎最正確的就如第一天那位同學所講的：「找到靜脈，綁起來，下針。」簡單扼要。畢竟抽血如臨渴掘井，講究隨機應變；事到臨頭，無論用哪家哪派的招數，只要能抽到血就好了。

這是最後一管血了，抬起頭，病房的光線也已漸漸明亮；門外護理站又開始吵鬧了起來，是護理人員的交班，以及晨會前先來看看病人的住院醫師，忙碌的一天真正開始了。我的戰車上累累堆滿了裝著血的試管，紫頭的、綠頭的、迷彩頭的、底下沉著黃色凝膠的，甚至有些泡在浮冰的水裡，都是今天早上的戰利品，隱約有種虛榮感。恍恍惚惚間，那些漂亮的玻璃試管彷彿是沉澱著魔法的藥水；但如同許多人世間美好的事物一樣，短暫地停留在我手上之後，接著馬上就會被送走，否則血液凝固的話就得重抽。

推開門再次回到走廊，只覺陽光刺眼，那些玻璃管透著晶瑩的折射，像可以洞悉人體機能的水晶球，而我是徹夜飛翔的吸血鬼了；用各種凌遲招數，竊取了無辜、善良的人們血液。這麼多病人之中，雖然絕大多數是陌生的病人，不清楚他們病情的故事，也不知為何抽血，就只是面無表情地抽了交差；但另一些熟悉的臉孔，那是我照顧的病人，抽血單搞不好也是前一天自己親手開出去的。即使知道抽血這個苦差事隔天會落在自己頭上，寶貴的睡眠又要減少了幾分鐘，說不定運氣不好還會在自己的病人面前搞得灰頭土臉；但猶豫一下，抽血單還是開了。不管抽血時是怎麼樣的心情，最後那些堆在護理站的血液會被整籃送去檢驗室，幾個小時之後，便化作各種檢查數據回傳。

那些經歷過一個早上奮戰的抽血報告，此時便有如魔法書上記錄著咒語的條目，逐一解放，出現在電腦畫面上；我們讀著這些神祕的數據，白血球、發炎指數、電解質等等，就知道該怎麼修正治療的彈道，一次又一次地逼近疾病的核心……是的，今天真的要改抗生素了。

移植

這大概是實習生涯中最奇特的一次值班經驗了。

下午的時候，接到總醫師的電話，說今天晚上要有人去台北車站接一個外院下午取下的眼角膜。角膜移植算是最普遍的移植手術了。雖然台灣的器官捐贈率很低，目前大多數移植的眼角膜還是仰賴進口，但是角膜的捐贈比起其他器官來講還是算高的；只削掉眼睛前面一層看不見的細胞，人已大去無關痛癢，但會讓那些持「全屍下葬」觀念的家人心裡好過一點。

眼角膜薄薄的幾層細胞，卻站在整顆眼球的前方，掌管了最重要的屈光門戶；眼睛沒有水晶體還可能有視力，但是少了眼角膜卻只能關上靈魂之窗。這層透明的細胞，是人體的聖地，也是禁區：它像隱士般餐風飲露，不依賴血管供給養分，當然也少了免疫細胞以及外來物質的侵擾。然而它卻布滿神經末梢，由腦部直接管轄羞怯敏感的角膜反射，並且與周圍組織之間隔著一條看不見、也無法跨越的鴻溝，彷彿天生尊貴不容絲毫侵犯，主管光的水晶王座。

而因為連免疫系統也止步，角膜成為人體最容易移植的組織；因為角膜光靠外來養分的滲透就能存活好幾天，也使它能夠忍受冗長的運輸，從東岸坐著火車迢迢來到這首都大城。

我在五、六點之交到達台北車站，下班的人潮自我身邊流過車站大廳；由於事先用手機保持聯絡，很快就完成了簽收手續。對方不知是志工或是行政人員的大嬸，身穿便服，一臉像是休假中的悠閒；核對過身分與資料後，我們像電影裡的特務一般，在人來人往的台北車站大廳默默交換了簽好的文件與裝著眼角膜的牛皮紙袋。打開檢查了一下，一個壓克力的標本瓶被層層保護放在裡面，透明的眼角膜漂浮在培養液中幾乎看不見。

輕而易舉地，一副眼角膜從它剛過世的前一任主人身上取下，放進標本瓶，裝入紙袋，搭三個小時的火車上台北，轉交到一個實習醫師手上，帶回醫院，登記，送進手術房，然後被一針一針縫在另一個排著隊等待許久的眼睛表面。如同奇蹟，說要有光，就能有了光。然而整個過程卻單純到像是在拍賣網站上下標一本二手書，約好時間地點互留聯絡方式，雙方在捷運站碰面。一手交錢，一手交貨。

那上天賦予、一人僅有一對的寶藏啊！在醫學的進展下，不同個體間生命的傳遞，竟然也能如此日常。

我走回客運的候車處，尖峰時段，毫不意外的通勤人潮塞爆了整個轉運站。嘆了一口氣，決定聽學長的建議在台北悠閒地吃完晚餐之後再回去。我走回台北車站二樓的簡餐區，幾乎座無虛席；我小心翼翼提著裝有眼角膜的袋子，在鐵板燒、義大利麵與蛋包飯的香氣中漫無目的地走著。

繞了一圈，終於找到一個空位。我把背包丟在椅子上，把手中的紙袋往桌面順手一擱就起身準備點餐。走了兩步，觸電般想起那個紙袋裡可是裝著超級貴重的眼角膜、漂浮在透明培養液中的一個剛過世病人的部分遺體，趕緊回身把紙袋緊緊捏在手上。隔壁吃飯的情侶繼續談笑，整座餐廳沒有人看我一眼。

服務生在我身前端上義大利麵時，順手將擺在桌上的紙袋挪了一挪。我來不及阻止他，心裡怦怦跳，以為他發現了什麼；幸好他什麼也沒說就這樣拿著托盤走了。我默默地捧著義大利麵吃了起來，眼角膜紙袋靜靜放在我旁邊，寬容地看著我吃麵。在這充滿溫度與欲望的血肉陽間，獨獨有我帶著某人死後一部分的軀體走著，帶著揮之不去的死亡氣息。

那些與我擦肩而過的人們，會知道我手上提的不起眼紙袋裡，裝著一個人的眼角膜嗎？他們會怎麼想？會覺得噁心，覺得不祥，避之唯恐不及？還是知道這趟旅程的終點就是另一個生命視力的新生，而為我加油打氣？

我提著紙袋，準備搭車回醫院。禮拜五的台北車站前人來人往，沒有人注意到我。我帶著從死神手上奪下的生命的一部分，穿過熱鬧、擁擠的陽間，準備讓它在另一個人身上還魂。

身旁跟我一起等紅綠燈的，是一群剛下課的高中生，還穿著運動服，側背書包上別了幾個可愛的小徽章，三三兩兩在晚風裡談笑著。從那些高中生身上是很難看到這種死亡陰影的，似乎與我手上的眼角膜分處於一明一暗兩個世界。

然而我想起麻醉科實習時曾路過一間開刀房，外頭罕見地擺了好幾個運送移植檢體用的大保溫箱，上頭貼了各醫學中心的名條。開刀房裡頭滿滿塞了各專科的外科醫師，人頭擁擠；一問之下，才知道是一台捐贈刀。捐贈者是一個高中男生，健康，高壯，假日與同學打球，每天規律地上學與補習。一天飯後在家中看電視時，突然在一陣如被雷劈到的頭痛之後暈了過去，抽搐，從此不省人事。

動靜脈畸形瘤，腦子裡的定時炸彈引爆。沒有預兆，沒有因果，一個寄生在血管間的安靜鬧鐘，棲息著等待設定好的時刻來臨，用劇烈的震動停止一切。

那個高中生的時間停止於兩天之後，而即將有幾個生命因為他而繼續。他父母決

定捐出他十七歲豔紅的心臟，捐出他酣暢過濾著水分的腎；當然還有眼角膜，以及他身上所有能捐的器官。狀況一等一，準備精力旺盛地繼續工作五十年的健康器官。

外科術語，收割（harvest）。

手術燈聚焦底下，外科醫師的眼中只剩下器官，血水的沼澤變成一片金黃的麥田，他們手持鐮刀準備收割。心臟外科俐落地綁線、分離組織，首先摘下了他的心臟；接下來磨刀霍霍的目標還有肝，還有腎，還有眼角膜。他是一株豐饒的樹，纍纍的果實已收割好準備送往四方，埋在陌生的土地裡靜靜等待抽芽。

收割一人，布施眾生。醫學的殘酷如斯，醫學的偉大如斯。

如同恐怖電影所假設，這些收割下來的器官，也還帶有自己前一任主人的靈魂碎片嗎？我所不認識的，這副角膜原本的主人也在我身後，用空洞的眼神默默凝視著我嗎？我回頭一看，是光線漸漸暗下來變成靛藍色的夏夜，永恆的夜空，幾顆早起的星星已在閃爍。壯觀的新光三越大樓以一種不服輸的姿態矗立著，彷彿昭示藉由人類不斷的努力，可以改變某些一貫的自然法則。其下，台北城的夜晚已經開幕，華燈初上，星羅棋布的燈光，處處是蓬勃的生命。而我一個人繼續在台北街頭走著，走著，抱著眼角膜。突然覺得是它，那層幾乎透明的細胞，在我前方引路，帶領我穿越陰陽的交界，走過由死到生那段奇幻的甬道。

臨行密密縫

遠方儀器發出急促的嗶嗶聲，腳步由遠而近，有人用力推開我值班室的門，門板撞上牆壁發出砰的一聲巨響。

「ＣＰＲ（心肺復甦術）！」

熟睡中的我腦子還沒轉醒，身體已反射地撐了起來，抓起放在一旁的白袍與聽診器，從上鋪直接跳到地板上。

腳底接觸到冷硬地板的疼痛讓我瞬間清醒，循著嘈雜的聲音衝進第六床，護理師早已圍在一旁壓胸的壓胸，打藥的打藥，就等我上去接手。

其實我對於這床今天晚上會ＣＰＲ早有預感。整個小夜班，病人的肝、腎功能急速惡化，儘管吊上了很強的升壓劑使用，血壓還是一路疲軟，只是沒料到過不到兩個小時就不行了。

心律監視器上的線條，呈現一行破碎的波浪，隨著壓胸的動作起起伏伏；我滿頭大汗地汲水器般壓著病人胸骨，想辦法讓那團死結的亂線能夠壓成原本漂亮的節律。住院醫師學長走出門外跟家屬解釋病情，一陣低聲的說話之後，外面爆出了嗚咽。我在病房裡頭繼續一下一下規律壓著胸骨，手掌底下骨節偶爾幾下喀喀聲；整個病床也隨著我的動作，發出了唉吱唉吱的聲音。

一下一下壓，十九、二十、二一……監視器的波形愈來愈弱，愈來愈弱；我凝視著下方那位病人的臉：中年，乾瘦，眼皮微張，上吊的眼白被膽色素染成一暈髒髒的黃；嘴無力地半開，凌亂的短鬚密布於骨節突出的下巴。我雙手交疊壓著的胸前，一排肋骨清楚地浮現於黃疸的皮膚下。

學長走了進來，拍拍我的肩膀，「學弟辛苦了，就這樣吧，家屬也同意了。等一下我先去開醫囑跟死亡證明，你幫我把身上的管路拔掉，氣切口跟大腿放雙腔導管的傷口吊個一、兩針。」

護理師們走出去忙各自的事了，儀器也都被關掉。原本呼吸器的幫浦聲、監視器的嗶嗶聲，以及雜沓的人聲都靜了下來，整間病房瞬時只剩我單獨一人，面對著剛過世的屍體。我停下壓胸的動作，定定地看著屍體。

你活著的時候是怎樣的人呢？肝硬化到了末期，評估各項衰敗的功能之後決定進行換肝，接下來就是一連串的手術與治療、進出加護病房、管路、各種感染與器官衰竭等等。

這是我從半年份病歷上所知道的你。而我所不知道的你呢？失去意識前的最後一刻，你腦子裡面閃過什麼樣的畫面？或者還有什麼話來不及說？剛剛匆匆一瞥，大學年紀的兒子、紅著眼睛憔悴的太太，他們又在想什麼？會不會覺得醫療給了他們希望，現在又無情地把希望給戳破？

總之，一切就只剩我與屍體了。此刻屍體躺在那裡，維持急救後嘴巴微張的狀態，生命離去之後，體內正細微地腐敗著。

我回過神，找了拆線包與縫合包，首先把大腿用來洗腎的雙腔導管拔掉，一汪暗紅色的血隨之汩汩湧出。我拿一疊紗布使勁壓住；過一會放開，血已經不流了，只是在鼠蹊部的地方留下了一圈青紫色的瘀血。

我拆開縫合包，左手鑷子小心夾起皮膚，持針器啣住半圓形彎針後段，亮著光的針尖仔細穿過大腿的皮膚。密教的儀式般，我小心翼翼，即使你再也不會喊痛。沒有隨之滲出來的血珠。線拉起，又繼續穿過另一邊皮膚之後，在持針器上繞幾個圈，打結。大腿的縫合就完成了。

然後是氣管。

縫合時湊近氣切口，這時候已經不會有任何氣流通過了。但是隔著口罩，依稀能感覺到那個小小的黑洞有什麼東西正悄悄逸散。生命的氣息，死亡的氣息。

針線起落，那個小洞上打了兩個翹翹的外科結。

至此，所有的點滴針、動脈導管、尿管、鼻胃管、氣切管與洗腎用的雙腔導管都被拔除，無牽無掛，你又回到完整的一個人了。

護理師先前進來裝的念佛機在角落無盡循環地唱著佛號，接下來的事我就不太清楚了。大約是家屬聯絡禮儀公司，他們隨後會穿著西裝，推著厚實的棺木進來。你將被移往死亡的下一個階段，我所不知的階段。

我把剪刀與針線丟進收集桶，沾血的紗布丟進感染性廢棄物的紅色塑膠袋，把其他用過的縫合器械包成一包。最後再一次看你，順手幫你把病人服穿好，打結，褲子拉高。我忽然想起了一首詩：「臨行密密縫，意恐遲遲歸。」眼看你即將出發前往未知的遠方，而我所能做的，就是在床邊一針一針，為你縫合，送你最後一程。

外科醫師的手

有一個流傳許久，關於醫生的笑話是這樣的。某天，醫院的電梯要關了，一個醫師急急忙忙奔過來，在電梯門要合起來那一剎那把手伸進兩扇門之間，硬是把電梯門撐開。那一定是個內科醫師，因為內科醫師治療病人不需要拿著手術刀，手被夾到沒關係。那外科醫師呢？

外科醫師會衝過去直接用頭頂開電梯門，因為外科醫師開刀只需要手，不需要大腦。（這當然是內、外科各自的刻板印象。）

外科醫師的手帶有魔力，那是日劇裡外科醫師男主角的手，發著光，輕巧叼著

器械穿梭於病人體內，技術最精湛的飛翔。手術刀（或電燒刀）劃過，生命中就有什麼永遠地離開了，又有什麼被縫合起來，那是安靜又決絕的命運之手。

曾經在整形外科看過接血管。彷彿顯微鏡底下的表演，我的主治醫師用小鑷子夾著一根蜂尾般的針，其上連著比汗毛還細的線，在一片血肉之中，縫合血管的兩端。四周只有心電圖滴滴滴的規律聲響，外科醫師的手拿針挑起血管一端，穿過，另一手的鑷子隨之接過針頭，將線拉起。像是在玻璃瓶中，花費一整年的時間用一根一根火柴棒，組裝一艘十七世紀的雙桅帆船。那比原子筆芯還細的血管，就在堅定而緩慢的手起落之中，被幾乎看不見的線接在一起。然後血液再次流通，原本已死去的肉再次恢復了紅潤。

他戴著乳膠手套的手起落，像芭蕾舞，經過暗室中摔倒哭泣的一萬次練習之後，終於能在燈光下演出一場完美的天鵝湖。

心電圖上的心跳愈來愈微弱，愈來愈小。

我心裡明白，那根本不能算是心跳，只能說是我一下一下壓著胸骨做心肺復甦術時，心肌電訊號的改變。手術已經進行一個小時了，這是一個車禍的年輕女孩，送入急診室時已經沒有呼吸、心跳，一路壓了上來開刀房。此時消毒鋪單什麼也不管了，碘酒一潑，直接開腹探查，在浮滿食物殘渣與血水的腹腔中，大海撈針地尋找那條破裂的血管。

三十分鐘是理論上的搶救時限，但雖然牆上時鐘早已走過了三十分鐘，卻沒有人想停止，兩位外科醫師把雙手埋在血水裡，持續在腹腔內掏摸，各種能夾、能拉的器械都用上了，似乎那深不見底的黑暗裡還沉著什麼希望。

心電圖逐漸連我的按壓也起不了反應，變成一條平坦但扭曲的線。外科醫師抬起頭來，互望兩秒，輕輕地搖了搖頭。這台刀的主治醫師終於開口說：「幫我把家屬叫進來吧。」

三位家屬披上簡單的無菌衣進到開刀房，門一打開，她母親就已承受不住跪倒在地發出痛哭。那是一絲彷彿從地底深處傳來的幽暗哭聲，細細的一條鋼索，後面牽著最重的悲傷；看似父親的人抱住了她的肩膀，說不出話。

但另一位家屬，開始在開刀房內指著主治醫師大罵。「幹！你這麼年輕，是主治醫師嗎？（旁邊刷手護理師馬上提醒他是主治醫師沒錯。）你他媽的有沒有盡力在救？你給我試試看……」

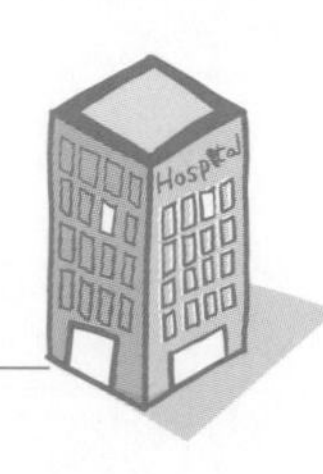

我躲在刀房的儲藏室裡向外看，從我的角度剛好看到主治醫師的手離開了手術台，垂在身側，像做錯事挨罵的小學生；全身衣物已被血水潑濕，白色的橡膠手套上依然殘留著乾掉的血跡。

手術台上曾經強壯的操刀的手，此刻看起來是如此無力、衰弱，彷彿整個人一瞬間蒼老了起來。

某天，下班後因為有事繞去研究大樓中的共同實驗室。整個實驗室燈已全暗，一排一排擺放瓶瓶罐罐的架子，像進入巫婆的祕密地窖。

負八十度冰箱的風扇發出嗡嗡的背景噪音，充斥著整個沒有光的空間，讓實驗室呈現一種懸疑的氣氛。我繼續往前走，前方一個座位的燈還亮著；在一堵書籍堆砌的牆後方，我看到穿著長袍的主治醫師坐在那裡，面前擺著一列離心管，他正拿著微量吸管，在微弱的燈光下，一支一支將樣本滴入其中。

他聽到有人走近的聲音，抬起頭，跟我四目相望，來不及掩飾的眼神裡滿滿都是挫折與疲倦。他的手懸在半空中，此時那雙手不是在開刀房的聚光燈下將疾病切除，把生命縫合，也不是回到家中拿起筷子吃老婆煮的飯，或拿筆教小孩功課的手；而是在夜裡機械性操作一次又一次重複的實驗，用數據堆疊論文，論文堆疊積分，最終以積分換取在醫院評鑑的遊戲規則裡，一個生存的黯淡角落。

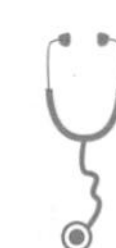

今天是開刀日，一早便到開刀房準備。病人已麻醉完成，綠色無菌單鋪上，我戴好無菌手套站在手術台旁，等待主治醫師開始劃刀，然後在旁拉鉤、吸血什麼的。

主治醫師忽然轉頭問我，「你到外科之後還沒拿過手術刀吧？」

我回想了一下。我的手在開刀房中最常拿的是抽吸器的管子，或是幫忙把手術切口撐開的彎鉤；在婦產科刀房時總是拿著鉗子把子宮頂起來，以方便主刀者操作內視鏡。而某些罕有的人力充沛時刻，我的雙手會安分地交疊在綠色的布單上，深怕一個不小心干擾了手術的進行。

我的手待過手術台上許多位置，就是沒拿過手術刀。

「沒拿過手術刀怎麼算來過外科呢？」主治醫師把他手上的手術刀轉個向，刀柄遞給了我。「來，今天是你人生中第一次主刀。」

我腦子裡一片空白，飄飄然地接過了刀柄。金屬冷冷硬硬的手感，隔著手套傳了過來；手術刀的弧線溫馴地服貼著手，尖端的刀鋒閃爍著光。那是破壞，那是力量，我像一個每天看科幻片的小學生，忽然獲得了一架最新型的飛碟。

那是一台糖尿病足腳趾截肢的手術。刀鋒劃過，組織輕易地被分離開；主治醫師握著我的手，一步一步，刀鋒險險地跨越那些關節間的溪谷。

外科醫師的養成，就是這樣一代又一代傳承手心裡最祕密的燭火吧。在以往的年代，實習醫師必須要親自開過一台闌尾切除術（appendectomy）才算真正從外科畢業。

老一輩的醫師回憶起，「那時候連手術刀怎麼拿都還不知道，外科總醫師就這樣一個步驟、一個步驟教我，怎麼從體表定位切入點，怎麼分離腹膜，又怎麼樣在五公分深的小洞裡沿著大腸掏摸，找到那條闌尾。

「自己拿著手術刀跟在旁邊看的感覺完全不同，根本就不知道下一步該怎麼做，刀劃進人體的那瞬間，課本裡教些什麼全都忘記了。是當時的外科學長握住我的手，在旁指點，這裡要怎麼開進去，這裡要小心什麼結構，這裡要怎麼分開筋膜……

「那時候的外科醫師很操，每天開刀開到晚上八、九點是常態，值班時更是常整晚站在手術台前。其實學長還有很多事要做，但是他卻帶我一步一步開，仔細講解該怎樣避開那些腸子與血管。那台如果他自己開可能只要二十分鐘的刀，因為教我，所以搞了快兩個小時。我有點不好意思地跟他坦承我之後其實不想走外科，但是他卻不以為意，說這是每個醫生該學的基礎，不走外科更應該現在學起來，不然以後遇到緊急狀況，沒有人可以教你。」

那台截肢手術最後還是主治醫師自己完成，但這依然是我第一次，也可能是最後一次親手拿著手術刀，在另一人的血肉之軀上切割出屬於我自己的痕跡。事過境遷，從哪裡下刀、如何乾淨俐落地卸下人家大腳趾的方法早就忘了；但是我永遠忘不了手術刀交到我手上的那一刻，如中世紀騎士受封，一種肅穆的、古老的傳承。

那是一隻溫暖而巨大的手掌包覆著我，其上，又有一隻更蒼老的手，再其上，再其上……這樣層層疊疊，一把手術刀由遠而近，泛著不朽的光輝，從古老的時代傳過來，再經由那隻堅定的大手，交到了我的手上。

開刀房內的巫師

準備開刀的患者已經被推了進來，雙手張開平躺在開刀房正中央的手術台上。一旁護理師正拆開一個又一個的器械包，那些拆好的素色包布在台車邊緣垂下來，把房間裝飾得像是某種神祕宗教的祭壇。接好線材的監視器發出規律的滴、滴聲，等待著麻醉醫師推門進來，宣布儀式開始。

有一陣子偶然看到一齣講心臟外科的日劇，裡頭的麻醉科醫師是個頹廢但技術精湛的胖子；編劇用來呈現麻醉科醫師高強功力的經典橋段是：急診室推進來一個狀況危急的病人，麻醉科醫師打著呵欠懶洋洋地出現，在焦躁的醫師之間為病人點滴中加入麻醉藥，如母親安撫哭鬧的孩子般在患者耳邊輕聲數數：「……五……六……七……好了，麻醉完成！」病人如同被按下開關般精準地在第七秒失去意識，然後他便自顧自地回去睡大頭覺。

但是還是沒有人知道麻醉醫師到底在做什麼。

許多人一聽到醫師嚴肅地宣判疾病必須開刀，腦子裡想到的只有穿著綠色手術服磨刀霍霍的外科醫師；卻很少人知道在病人「舉頭三尺之處」保佑的不只是神明，而是一個擠身在一堆儀器間狹小空地的麻醉科醫師，一雙隱藏在手術台光線範圍之外的眼睛，用各種監測儀器確保這整場手術儀式能夠順利進行。那塊隔在病人頭部與動刀部位的布幕後方，許多電影、電視劇鏡頭不曾關注過的角落，的的確確有個人守在那裡，像是隱身在黑暗中的偶術師，看著螢幕上十來個參數、手指懸絲飛舞，或打藥、或調整通氣量，操縱整個手術過程的一舉一動。

由於不常以白袍的莊嚴面相出現在病人面前，許多人根本不知道麻醉科醫師的存在；手術前訪視時那個身穿工作服、口罩下的臉，是技術員、看護，或是阿嫂？他們的面目模糊，在醫院的角色也相當曖昧：大半時間都關在刀房內，參與每一台手術，卻不屬於外科；頸上掛著聽診器，微調複雜的體內循環，卻也並非內科。在大多數的時候，他們飄然來到祭壇般的手術台，經過正在進行中的手術，閱讀監視器上那些神祕的數字與符號，從黑底畫面深處接收到了某些訊息，開始下達操控指令。燈光大亮，偶戲的儀式開始。

他們是開刀房裡的巫師。

麻醉醫師的工作十分奇特。他們通常不涉及治療，反而是特意將患者推入生與死之間的邊界，那個隔絕一切外來感官、六根盡寂，無有病痛與恐怖的灰色地帶；彷彿觀落陰或遊地府之類民間傳奇，焚兩炷香、口唸咒語，有心跳、血壓的活人就能透過麻醉儀式短暫垂降入幽冥領域。與死神不同的是，絕大多數的時候，麻醉科醫師都有把握能將患者拉回血肉溫暖的人世間。

他們也必須是最頂尖的詐術大師，欺騙我們海洋般深邃的大腦、繁殖期魚卵點點在月光下飄散的神經傳導物質，欺騙我們如扇貝在海流中緩緩開闔的受體與電流通道（這比大衛魔術或把廣告單上的漢堡變出來吃掉之類的戲法還要來得深奧，還要神祕莫測）。用各種障眼法的薄紗光影，引逗我們漂浮的神識緩緩向前，逐漸溶解在這捏造的虛構空間。

有些人會對麻醉感到恐懼，其中一部分的原因是那種無法抵抗、被強制剝奪感官的無助感，自己的意識隨著麻醉科醫師在靜脈管路中打入那一大管白色人工夢境濃縮物，隨著那略感刺痛的腴軟感覺向上延伸，開始想睡；然後無論肉體與精神再怎麼強健的人，只得乖乖旁觀意識的堡壘逐漸崩塌、肌肉如垮掉的磚牆，摔入深邃未知的睡眠。

麻醉科醫師不像一般內、外科醫師，沒有什麼長久、穩定的醫病關係可言。大部分的病人不太會常常開刀；即使偶爾開一次刀，麻醉醫師在場的時間多半也不會是醒著的。病人總是希望經過內、外科醫師的治療之後有奇蹟似的重大進展；而麻醉科醫師卻每天祈禱這個麻醉過程如同一場幻夢，在麻醉魔法失靈之時一切如煙散盡，什麼事都沒有發生。

然而，麻醉醫師與病人之間的聯繫卻一反開刀房內冰冷的金屬關係，如此緊密，也如此溫柔。麻醉醫師哄我們的靈魂入睡，溫暖我們的體溫，成為我們的呼吸；無論多叱吒風雲的人物在麻醉下也都一視同仁，必然退化成原始的、靠臍帶般管路維繫生命的胚胎狀態。透過緊扣面罩的手與數根垂釣生命徵象的訊號線，將自己的生命全然託付予另一個素不相識的個體，羊水般如此依賴又安心的信任。此時此刻，生命中沒有其他人可以成為你的呼吸了；各種愛欲糾纏、各種複雜又疲累的人際關係，全都被隔絕於刀房的自動門之外。

除了那些有著密教神殿內香煙裊繞意象的麻醉氣體以外，麻醉科的確具有源遠流長的巫師血統。早就在數千年前，許多原住民部落就已經開始藉由植物中的麻醉

藥或迷幻藥成分往來天人之界，與神靈溝通；那時的巫師在需要時的確也偶爾兼職作為醫師。而至於現在毒品氾濫，那些社會版面上觸目驚心，與援交、搶劫、轟趴綑綁在一起的罪惡字眼（嗎啡、K他命、紅中、白板），有些其實早就已經在開刀房內運用多時。那些被竊出天庭的魔法，一如所有神話、寓言所指涉的一樣，開始變質、沉淪，成為流竄人間，永劫無法回歸的墮落神祇。

而尷尬的是，麻醉科醫師們對自己常用的藥物機轉，其實也不一定能完全解釋：啊這個作用在鈉通道，這個調控GABA受體……然而對於大部分的麻醉藥物作用機制，目前的科學界還是各說各話。他們如巫婆煲湯般調製出各種把人麻倒睡著的祕藥，卻終究無法參透更深一層的生命奧祕，進入靈魂玻璃核心的那把鑰匙。

麻醉醫師們作為神靈終端機般在人間的媒介，即使手上擁有了再多跟上天預支的神通與法寶，畢竟也只是血肉之身的巫師。

而我們的巫師所活躍的另一個舞台，就是偶爾發生一次的急救場景。

開刀房內的急救與一般急救不同，是進階的高級版。大部分開刀房的病人身上早就已經設有數條輸液管路、完善的生命徵象監視器；最重要的，這裡是醫學祭壇的核心，急救彈藥庫存量最充足之處，而且一個緊急呼叫在數分鐘內就能召集十來位經驗豐富的醫護人員，組成一支訓練有素如魔戒遠征軍的菁英部隊。

麻醉醫師在這場戰爭裡擔任白鬍子巫師般的領隊角色。他站在病人頭側正前方、監視螢幕旁邊，剛好可以俯瞰全局的位置，全知全能地指揮各項戰事的進行。「O2 mask扣好，IV flow最大量，再on一支ＣＶＰ。」「病人跳ＶＦ！快，一支Bosmin給下去！」像是《哈利波特》裡魔法師對決的場景，艱深的古老咒文橫飛，幾乎可以見到半空中的火花與爆炸。急救到一半，仰頭看我們的麻醉醫師，一臉肅穆，身形彷彿拔高數寸，成為電影或動畫裡那站在懸崖旁、孤身與另一邊幽冥中齜牙咧嘴的死神大軍遙遙對壘的長袍巫師。他口中不斷詠唱各類咒語，護理師隨之從身後遞過來一劑又一劑、或大管或小支顏色不同的針筒，經由他的手注入病人體內。在這場兩軍近身肉搏的戰爭中，我們的主力魔法師穿著略嫌不合身的綠色破舊工作服，站在隊伍最前方，伸手從醫學的聖殿源源不絕召喚出晨光、露珠，召喚各種愛與神蹟，化成一支又一支的光箭，不斷射向未知、恐懼的黑暗之中。

最令人激動的一刻是我們終於戰勝，監視器上病人原本糾結成一團的心電圖舒展開，回到了規則節律，血壓、血氧也趨於穩定。再一次確認病人沒問題之後，醫師們互相道謝，眾人陸續散去。

我在旁滿頭大汗，目睹了一場跨界的戰爭，人與神之戰。而且我知道，在那些巫師的帶領之下，這次我們有機會能夠獲得勝利。

主治醫師的笑

有人說，小兒科醫師是充滿希望的。因為與內科常見的各種慢性病相比，大部分小兒科的疾病都治得好，而且藥物在幾天之內就會見效，病懨懨的小朋友很快就恢復得活蹦亂跳；因此選擇小兒科的醫師，比較容易有「我把病人治好了」的成就感。

但這理論在小兒血液腫瘤科好像不太適用。

血液腫瘤科在小兒科的次專科裡，是稀有族群。絕大多數的小兒科疾病都屬於過敏科、腸胃科或感染科的範疇，血液腫瘤科是小兒科中相當冷僻的領域，專攻深奧艱難的血液病及所有癌症，大多數的人終其一生沒機會接觸這類的專科醫師。

他們是故事裡隱居祕境的仙人，只有遇到世界毀滅或是惡魔來襲之類的災難時，才會降臨在人們眼前，手杖上鑲嵌水晶球，在黑暗中放著光，睿智地告訴那群平凡人類魔王的弱點，或是傳授拯救世界的方法。

癌症，大概是小兒科會遇到最大的災難。血液腫瘤科醫師每天面對的，是凶狠的肝母細胞癌、急性白血病、淋巴癌，以及從不同部位長出、各式各樣奇奇怪怪的惡性肉瘤（sarcoma）。臨床上惡性腫瘤大多分為四期。疾病一步一步進展，預後愈來愈差；第四期通常代表著癌細胞已遠處轉移到肺或腦等其他器官，是最後一期，再過去就是生死茫茫的邊境了。

有一次查房的時候，我問主治醫師：第四期的病人打化療還有辦法救嗎？還是只能做palliative（減輕痛苦的緩和醫療）？已經很老很老的主治醫師說：「當然還有救啊，雖然機率很低，但是有些癌症還是有機會控制住的；我們正是因為這樣而努力著。」

她看了我一眼，意味深長地笑，堆滿了皺紋；彷彿是戰場上老兵的眼神。

主治醫師是已經六十多歲的老婆婆，看醫師代碼，大概是這家醫學中心三十年前創院之初就已在此任職，是元老級的資深醫師。她的專長就是兒童癌症，擅用名字七彩繽紛的抗癌藥物，紫杉醇、小紅莓、白金製劑等，像童話裡巫婆在人鍋裡調製冒著泡的藥水，裡頭藏著副作用的風暴，但也有可能帶來奇蹟魔法。

化療藥大多攻擊生長快速的細胞，因此不只癌細胞，常常口腔黏膜、頭髮、腸胃道上皮都會一起遭殃。我曾經遇過已經打了好幾輪化療的「老江湖」，是個高一

的男孩，在這群小病人中已經算是長輩了。印象中，兩年前來此見習時就曾聽過他的病例報告；據說腫瘤每次被藥物壓制住幾個月之後，總又再次復發，這兩年間就這樣來來回回進出醫院。

這次化療結束後，我照例去探望他，發現他居然不吐也沒拉，由衷為他高興。沒想到他淡淡地說：「喔，大概明天就會開始了。」於是如預言般地，隔天清晨他就腹瀉了將近十次。那是用止瀉藥也止不住的，幾乎要把人的靈魂往體內下水道抽光的瘋狂腹瀉。但他似乎早已接受了這一切，臉上神情依舊淡淡的，彷彿那是別人的疾病，別人的痛苦。

許多小病人來住院，都是依照日期乖乖來打化療，不能缺席，也無法請假。病房裡有一本被翻爛的厚厚冊子，裡頭是密密麻麻各種癌症最新的化療準則；裡頭列出各種療程的地圖，有些化療一次連續打五天，有些則每個禮拜都要打一次。那些在日曆上一格一格寫下的化療藥物劑量，伴隨著副作用，是他們必須完成的跳格子。這個遊戲起了頭就必須忠實依照規範跳到最後，每做完一輪化療不是結束，只能排著隊等待報告，決定是否開始下一次的化療。

通常完成第一個療程之後，會休息一下，抽血或做影像學檢查看看癌細胞有沒有消失。當然，有些頑強的腫瘤會在這樣的猛烈攻擊後轉入地下發展，如爬藤在體內綿延數個月甚至數年，直到某天認為時機成熟，在另一個器官破土而出。當所有的治療都失效時，有些人經過評估會使用骨髓移植；這大概是最後的法寶了，將體內的腫瘤細胞與造血細胞不分敵我，用高劑量的化療打到玉石俱焚，再將骨髓幹細胞注入血管，讓其隨著血液漂流，最終在如蟻巢般繁複的骨頭中心找到自己命中註定應該居住的窟窿，在此安身立命地定居下來，此後日夜為陌生的宿主生產功能正常的血球。

做骨髓移植的病人，會住進血液腫瘤科那一排蜂房般的隔離室好長一段時間。門永遠安靜緊閉著，進門後，要在一個小房間裡換上隔離衣，戴上口罩，才能開啟第二扇門，真正進入室內。除非必要，否則沒有人會任意打開這間房間，整個房間裡面孤單單的只有一張病床，淡綠色的拉簾象徵性圍著，那層布提供了僅有的安全感。這種獨立病房沒有一般病房的擁擠，床邊安靜地散置各種家具：點滴架、小茶几、冰箱、電視、可以拉開變成一張行軍床的陪病椅……

或許是那片封死的大窗戶被貼上太深色的隔熱貼紙吧，那個理應代表著純潔無菌的地方，不知道為什麼，卻總讓我想起老式三合院裡，那種擺著神明桌與一盞暗紅燈的小房間的感覺。那裡彷彿與外界無涉，是有自己的時間流逝速度、自己的風格擺設的獨立空間。查房時逐一參觀過這些病房，有些才剛進住，空蕩蕩的一無所

有；有些桌上已擺滿了營養奶粉罐或是其他不知名的健康食品；有些在角落堆積一座尿布與衛生紙的小山，宣誓著長期抗戰的頑強。

接近下班時刻，常可以看到那些媽媽們拿著各類食材擠在病房的公用洗手台處理，順便交換一些健康藥膳食譜，或是什麼食物據說可以增加血小板之類的小道消息。她們紛紛消失後沒多久，走道上就開始流動著雞湯的香氣。

我們的住院名單裡有一個小病人，占據了其中一間房。那是一個長相清秀的女孩子，總會有些與病房愁苦氣氛絕對不搭的時髦朋友來看她；後來才知道，她是某選秀節目的其中一員班底。那好像是這個年紀女孩子的夢想，化著超出年紀的妝，穿蕾絲邊短裙在電視上唱歌、表演才藝，或是在主持人有意無意地作弄下裝憨搞笑。

在每週一次的顯微鏡判讀教學中，我看過她的血液抹片；在作為背景的格線中，巨大而深染的血癌細胞推推擠擠，像深紫色的烏雲，填滿了玻片的網格。我想像，那些血癌的烏雲如何在這樣一個冰雕般美麗少女的血管裡推推擠擠，醞釀著藏在暗夜中的閃電與雷聲。

而醫院發生的一切，自然是與舞台燈光投射下完全不同的世界，那是一段輾轉流落在不同病房內，陰暗、模糊、日子與日子之間沒有明確界線的時光。她開始掉頭髮之後，乾脆把頭髮全理光，改戴假髮。因此那段時間內，她幾乎天天變換不同的髮型：俏麗小短髮、棕色長直髮、亞麻色大波浪……似乎唯有透過那些假髮的變換，她才能想像自己又回到那個有叼著菸的導播、身上藏有一堆暗器般家私的化妝師、一群年輕女孩子湊在一起吱吱喳喳手機自拍的攝影棚，與螢光幕裡才能看到的藝人們近在咫尺。

下班後，我曾上網google到她的部落格，跟她的小粉絲們一樣，點開一篇又一篇的網誌，偷偷拆封她的心事。她抱怨著被關在與世隔絕的病房裡好無聊，而且沒有頭髮醜死了；她說一起上節目的姊妹們，好想你們大家喲；她跟別人約好下次要一起去聽演唱會；她說她還想要去學跳舞，當作之後上節目的才藝表演。期盼中的下一次出遊、下一季的表演，堆堆砌砌，每一個小格子點開，都是一個尚待描繪的夢的雛形。

在我結束小兒血液腫瘤科之後的幾天，她的病房空了，據說前一天晚上忽然發燒，感染在全無免疫系統防備的身體裡，迅速擴大為敗血症的風暴。搶救無效，她的身影消失在疾病的驟雨裡面，留下再也不會更新的網誌，以及大批粉絲痛心的祝福留言。

空的病房很快又被新病人補上，醫院的事務還是照樣進行；問診、檢查、開藥，與平常沒什麼不一樣。但是病房的護理人員與照顧過她的醫師們，經過那間病

房，都覺得好像少了什麼，心裡空空的。這樣悲傷的故事似乎不應該發生在一個充滿夢想的少女身上。我想告訴她：即使你頭髮掉光了，依然會是我們心目中最美的明星。

不知道為什麼，我又想起那位年長的血液腫瘤科主治醫師；她意味深長的笑，嘴角旁深刻的皺紋。有那麼一瞬間，我忽然覺得自己有些懂了。

醫學辭典

電腦斷層掃描。

那是從放射科剛剛上傳到電腦上的最新資料，張醫師下班後一直在等的、最重要的檢查結果，有了這項檢查，病情就可以大致底定：數以百計的束狀放射線穿過人體後，頭也不回地奔向另一端的感應器，訊號經由電腦運算重組之後，在螢幕上呈現橫切的影像。那橢圓形的截面像一幅地圖；整個畫面最亮的是脊椎骨，三道山脊由後匯聚成圓形的山峰，後方有片深色的湖泊，脊柱安靜漂浮湖中，是草木蒼翠的島。

走下山峰，右邊一片半月形的沙灘是脾，淺淺擁抱著潟湖般的胃袋；胃上的皺褶在黑白影像上看起來，像潮汐沖刷過的海岸。而最大的灰色三角形草原是肝；樸實，無聲，常被人遺忘。

然後他看到那塊腫瘤。

那是落在草原中央的一個天外飛來的隕石坑，隕石坑很深，底部一團糊糊的爛泥。再看更仔細一點，隕石濺起的泥濘，潑灑到周遭的草地，形成一些四散的深色區域。接下來顯影劑灌注其中，把隕石坑填滿了亮白色的液體，安詳而靜謐，像是月光下的湖泊。

「肝癌。」張醫師盯著那幅地圖良久，陷入沉思。

一直以來他都認為，臨床醫學知識是一條一條的辭彙，而辭彙底下密密麻麻羅列著的，是像疊在廟裡供有緣人取閱的遊地獄圖一般，由無數受苦痙攣的人臉與呻吟所堆砌成的解釋。看過的病人愈多，解釋愈完備，那個條目就愈清晰，最終彙集成一本專科辭典。

學生時代，他總是欽佩於他師長一輩的看診功力：那彷彿魔術表演一般，握了第一次見面的患者的手，馬上做了初步診斷——「甲狀腺機能亢進」。

「你知道嗎？甲狀腺亢進的病人只要看一眼就可以診斷出來。」病人離開診間以後，鬢髮灰白的資深醫師轉過頭，對穿著白袍直挺挺坐在後方板凳上的他說：「幾個特徵很明顯：凸眼、削瘦、容易緊張、手心出汗，你跟他第一次見面握手就應該要看出來。這種眼光要靠經驗的累積，所以盡量多看病人，病人會教你很多事情。」他視線越過老醫師鼻梁上的厚重鏡片，眼睛周圍的特徵在老花眼鏡折光下略微放大；即使隔著這樣的距離，他還是可以清晰地看見玻璃之後臉部的毛孔、濃密的眉毛，以及眉毛下那雙眼睛，沉澱著看遍各類疾病表現之後的淡漠與淵博。他覺得從他的角度望過去，像海，各種只會在書本角落出現的罕見疾病優游其中。

從那時候開始，張醫師就很喜歡使用辭典來隱喻他與醫學知識之間的關係，在課堂上也常常勉勵學生多看病人，比多讀書有用。他無法忽視那些痛苦，因此清楚記得每一件病人教他的事，這讓他往往能在疾病們極刁鑽的表現之中，找出正確的診斷。

就像前兩個禮拜，初診進來一位清秀的女孩子。女孩子長長的頭髮，看起來比一旁跟診的四、五個醫學生還小上幾歲，主訴是頻尿以及下腹痛。

醫學生們做完初步問診與檢查之後，幾乎一致斷定這是一個常見於女性的泌尿道感染，沒有發燒或敲擊痛，做簡單的尿液檢驗就可以確診並給予抗生素治療。「還有沒有什麼可能的鑑別診斷？」回到討論室之後，他問。學生們面面相覷，沒有一個人說話；現在情況似乎相當單純，只要等尿液檢驗報告出來，就可以讓那位在診間外等候的病人帶藥回去吃。張醫師在腦海中翻閱他的辭典，快速搜尋每個條目下方的案例。

「K他命。

「這個病人的臉色看起來不太對勁，而且泌尿道感染維持那麼久又那麼嚴重，太不尋常了，必須要把吸食K他命造成的膀胱纖維化列入考慮。」

半小時後，報告出來，K他命檢驗陽性。賓果。他走出討論室的時候，餘光瞥見醫學生們崇拜的眼神，好像看到學生時代的自己。辭典中「泌尿道症狀」這個條目底下又增加了一個案例，然後辭典安靜地闔上。

但那終究只是個隱喻。

張醫師把診間的電腦關掉，讓那張肝癌影像隨著螢幕的背光一起消失。

已經很晚了，跟診的護理師早已下班，白天總是塞滿亂哄哄病人的診間外長排椅子，現在一個人影也沒有；然而燈還是全開著，光晃晃地，彷彿深夜無人的遊樂園，反而有種怪異的感覺。椅子上留下喝完的飲料盒以及胡亂收成一疊的報紙，走廊晶亮的地板反射著燈光；好像前一刻還充滿人聲的大醫院，忽然受到外星人襲擊之類的，所有人一瞬間就消失了，只有在蒼白的空間中留下他們存在過、活動過的痕跡。

穿過醫學大樓的時候，一個穿長袍的年輕醫師跟他打招呼。張醫師先是愣了一下，才認出那是自己早些年帶過的學生。年輕醫師興奮地跟他寒暄，說在他身邊那段日子啟發了走內科的興趣，一些知識與技巧至今仍讓他獲益良多等等。他隨口應和著，心裡想：什麼時候那些毛毛躁躁的醫學生，居然也成為獨當一面的主治醫師了？

張醫師四十來歲，在醫生中還不算太老；但今天晚上他忽然覺得疲倦極了。伸手揉了揉太陽穴，的確，這幾年他孜孜不倦地看診與教學，或許是承載了太多靈魂的重量；那些瀕死的喘息、家屬的哀哭，以及健康的人忽然發覺自己即將死去的那種震驚，磨鈍了他的生命，不知不覺中讓他加速老去。

他記起曾照顧過的一個印象深刻的血癌病人，才二十一、二歲，還在念大學，白白淨淨的男生，單純因為貧血來就醫。抽血檢查，白血球高達三十萬，急性白血病。

他的狀況並不樂觀，診斷之後，病情摧枯拉朽地持續變壞，用了兩、三種後線的化療藥都沒效。但大概因為信教的關係吧，病患本人倒相當平靜。

化療藥很快就讓他大把大把地掉頭髮，每次查房，那男生枕邊總會多了幾撮細細的髮絲，頂上也日漸稀疏；那種東禿一塊、西禿一塊換毛般的髮型實在不好看，之後他就戴上了頭巾，倒也有種運動風的爽利，除了每況愈下的抽血數據以外，看不出來是一個重症病人。張醫師小心翼翼地用各種旁敲側擊提醒他，病情真的很不樂觀；但病患本人倒心情不錯，話題東牽西扯，扯到了他最近利用化療間的空檔，在病房裡寫作的事。

張醫師問寫什麼，大男孩聳聳肩，說：「沒有特別主題欸，就只是單純把我最近心裡的感覺寫出來，寫給以後的人看。」他抬頭看了張醫師。「你不覺得才活二十幾年就要死了，是一種很奇怪的感覺嗎？無法形容……一開始可能會覺得：天啊，怎麼會是我？我做了什麼壞事才會遭到這種懲罰？但是你接受後就會愈來愈冷漠，好像這是一件與自己無關的事。」

他喝了一口水，低下頭，看著病床棉被繼續說：「那是一種很不真實的感覺。一方面你從各種客觀的數據確實知道病情正在惡化，你過幾個月就要死了，另一方面卻又能清楚感覺到心臟跳動著，呼吸平穩而順暢，肌肉也像以前一樣能隨意收放，一點也不像所謂重病或將死之人。你能想像嗎？我是說，你當醫生這麼久了，你知道看著自己正在死去是怎麼樣的感覺嗎？」

張醫師搖搖頭。「希望有一天，我有機會可以告訴你那樣的感覺。」離開病房前，他誠實地說。

他可以依照經驗，憑各種抽血檢查、病理報告，幫疾病做分類：「很遺憾，這個預後很差，五年存活率只有百分之三十，請做好心理準備。」「啊，恭喜您，這是比較不具侵襲性的癌症，手術切除之後搭配化療、放療，有百分之八十的人可以完全康復。」但那百分之二十呢？那些被死神隨機選中的人們，經由醫學科技告知死期以後，原本被賦予的生存意義忽然全部遭到剝奪，最後那一段茫然朝終點走去的時間，又是什麼樣的光景？

張醫師發現，他的字典裡關於這項條目的資訊是，零。

六月，張醫師把在醫學院最後一堂課上完，課堂結束前，宣布了明年將不再開課的消息。底下的學生們發出驚訝又惋惜的聲音，開始竊竊私語。

門診也停掉了不少，一方面是他自己的意願，另一方面也是近來體力已大不如前。空出來的時間，他開始寫作，分門別類，把他所蒐集的疾病案例逐一書寫出來，像一本辭典，又像臨床教科書。

行醫久了，信手拈來就是許多病例；他珍視那些病人用生命酬換來的經驗，認為只要把這些知識傳給後輩，病人就不曾真正死去。他並不會隨著時間流逝而遺忘

那些病人的臉，反而隨著年齡的淘洗而更加清晰。

醫院給張醫師請一段留職停薪的假，結束時程未定，但關於他病情的傳聞早已傳遍科內。某天他回醫院辦手續時，心血來潮抽空回辦公室看看。那些熟識的住院醫師與助理們露出驚喜又藏不住擔心的神情，終於有人鼓起勇氣問他說：「張醫師，你怎麼變那麼瘦？」他看了看鏡子，臉色蠟黃，雙頰深深凹陷，簡直就像——典型肝病病人的臉。這副面具終於也戴在我臉上了，張醫師心想。

張醫師的體力愈來愈差，常常寫著寫著就陷入昏睡。好在醫院給的假期，讓他在那段空閒時間之內，把腦海中大部分的知識抄錄完畢。

兩週後，張醫師接獲一紙換肝通知，住進了自己熟悉的醫院內。

換肝應該算是一般外科最大的手術之一，同時也是肝癌患者的最後抵抗與防線。手術之後，張醫師昏昏沉沉地睡了幾天，耳邊依稀人聲雜沓，好多人來看他；聲音或男或女，有些人撥弄點滴流速，有些人對著監視器上的生命徵象低聲討論，大概是他的醫師朋友們。他們都很關心，但卻也愛莫能助；這畢竟是一個人的戰鬥。

後來，他慢慢有力氣睜開眼，甚至試著想從床上坐起來；從這樣的角度仰頭看病房倒是第一次，很是陌生，他有時幾乎不知道自己身在何處。

身為主治醫師，他很容易地可以問到自己的檢驗數據，並透視隱藏在那些數據之後的病況。數據並不樂觀；肝功能大幅衰敗，新加入的抗排斥藥物，讓他的免疫防線節節撤退。

接下來將會是一次感染，迅速擴大為敗血症，然後多重器官衰竭，休克，呼吸與心跳停止。

多麼熟悉的病程，他很清楚知道往後劇本應該要怎樣搬演。

但是說也奇怪，他並不特別地恐懼；不知是否因為對於自己的疾病了然於胸，他對於死亡過程沒什麼異議。偉大或渺小的人都必須要死的，平凡而常見的死亡，每天都在發生；當你真正接受它之後，原來就是這麼回事。

他想起那部長久以來不斷以各式疾病累積起來的巨大辭典，死亡構築的堡壘；其真正意義說不定只是讓自己得以反覆練習，當死亡來臨時，應該以怎樣的表情面對那些痛苦與恐懼。多年的行醫生涯，他依然無法治好自己的疾病，卻反而在臨終時，以另一種方式拯救了自己；他清楚感覺自己正在死去，那些世居於辭典裡的鬼魂，用各種姿態顯靈，給他安慰，給他勇氣，陪伴他走向遠方。

他又想起了那血癌患者對他講過的話。

「說不定我現在可以回答你了。」

晚禱

剛到另一家醫院的那段日子，因為還不熟悉新環境，平常日我總要忙到晚上七、八點之後，才能自病房離開。那時醫院附設的自助餐早就打烊了，周遭的住宅區又找不到還營業著的店家，只能走半小時到台北車站附近吃晚餐。

雖然來回就會花掉僅剩的半個晚上，但我卻很享受這樣的夜間散步；走出醫院東址的大門，沿著常德街走進古老的院區，然後再離開建築物穿回熱鬧的大馬路。街道無聲，灌木叢間藏著夜晚的香氣，從行道樹的空隙看過去，夜晚的西址舊大樓像一幅油畫般安靜。

這棟日據時代遺留下來的大樓很老了，幾年前大幅整修過之後，依然保持原樣；據說裡頭的還是近百年前鋪設的瓷磚，大廳屋頂來自阿里山的檜木橫梁靜靜地支撐了快一個世紀，威嚴的建築，象徵著日據時代台灣醫學的頂峰。

曾經在醫院圖書館借了一本王溢嘉醫師的《實習醫師手記》，二十多年前的暢銷書，至今依然能引起醫學生的共鳴；那是實習醫師還必須清晨四點起床抽整個病房的血，或是值班時，半夜親自在顯微鏡下數血球細胞的年代。那時候的實習醫師要開過急性闌尾炎（俗稱盲腸炎，外科最常見的急診刀之一），更有甚者，實習結束、考完國考，就能出來開業了。二十多年後，醫師只要在電腦前動動手指開醫囑，護理師抽血，檢驗室的全自動血球機將數據上傳至螢幕，全套的血液檢查不用一個小時；闌尾炎在某些醫院裡，甚至連外科第一年的住院醫師都還開不到。只是有些什麼無法捕捉的神祕氣息，在滑鼠與液晶螢幕之間，悄悄地逸散了。

而如今我站在當年他曾經實習過的醫院裡，同樣也是實習醫師。閉上眼睛，彷佛近百年來曾經在這家醫院裡面工作過、學習過，不同面孔的學長姊們的身影依然忙碌地穿梭。有時天還沒亮時起床抽血，在同樣的空間裡，我們重複前輩們曾經做過的技術，時間似乎在這間醫學聖殿裡從來不曾流動；恍惚間，或許在某個研究室窗口昏黃的燈光下，還能看到清臞的日本老教授，嚴謹地繼續操作著顯微鏡，尋找醫學上重大的發現。

這一百年是醫學最蓬勃發展的時刻，醫師的武器更多、更強大了，但病人的臉孔、主訴、病症甚至死亡都不曾改變太多。我心裡明白，這家大醫院不再如舊時代一般是醫學上絕對的權威，其他醫院或許在很多方面也有獨到的進展；但建築物內沉重的歷史感，卻讓我覺得走在一座廟宇或教堂般，每一步都莊嚴肅穆。那不是這家醫院的名氣使然，而是那些在此用生命中最輝煌的年代努力過的前輩，像教堂裡的壁畫一樣，俯視著我。

時間已經晚上九點多了，站在路口仰望著馬路對面的醫院大樓；除了探病的人以外，大樓裡三三兩兩走出了幾個穿西裝、提公事包的中年人，也等著過斑馬線。那或許是過於忙碌而夜歸的醫師們吧！曾經聽人說，有些工作狂般的醫師，往往清晨就到醫院，而深夜十點多、十一點才回家；他們的家僅作為勞累軀體的暫時旅館，而靈魂則寄宿在醫院裡，繼續辛勤地工作著。這是幾近宗教般的奉獻，是醫學的幸，病人的幸，或是醫師的不幸？

不遠處的台北車站依然喧囂，高中生、通勤的上班族、逛街的年輕人，在霓虹燈的招牌底下穿梭；而幾個街區之外，醫師們略微駝背的身影，在聖堂般雄偉的醫院之下傴傴走著，更像是剛結束晚禱的修士了。夜裡的醫院，巨大、威嚴；走在祂陰影下的人群都像是虔誠的教徒，收起自己的腳步聲，低著頭，快步地走進夜色裡。

天空之城

眼科病房位在這家高樓林立如城池的醫院最邊疆之處，眼科值班室大概就像戍守的瞭望台，孤獨地被安置在病房角落。由於沒有建築遮蔽視線，加上書桌前剛好有一整面大窗戶，眼科值班室顯得孤高又遺世獨立，彷彿漂浮在空中的島嶼了。

相較於與生死肉搏如戰場的內、外科病房，眼科的病人們相對穩定。值班的實習醫師主要的職責，大概不外乎接接新病人、泡泡眼藥水，其他時間就可以待在值班室處於待命狀態，等待手機鈴聲響起。

而手機安靜的時候，時間在這個房間流動的證據，只剩窗外夏日雪白的積雲在天上慢悠悠地飄過，在地上投影出一團團影子。積雲們一堆一堆各自獨立，像是小時候去遊樂園人手一支的棉花糖，輕鬆地在人海之上漂浮著。一架飛機緩緩飛過，在透藍的天空中拖了一條長長的凝結尾。想起宮崎駿動畫《天空之城》中的飛行城

堡，其實是藏在巨大雲叢之間的漂浮島；夏日的雲是空中之島，雲的影子飄過柏油路，飄過櫛比鱗次的房屋，屋頂的閃光，緩慢地推向遠方群山青黑色的剪影。

想像遠方，想像著越過貧瘠的工業地帶，越過遠處那叢山，就會看到海邊。此刻接近七、八月之交，若是幾年前還在學校念書時，像這樣光燦燦的暑假日子應該全被拋擲在游泳池裡漂浮，或是在海邊衝過一個又一個浪頭。然而現在已是實習醫師了，雖然名義上依然是醫學生，已背負著責任與義務，沒辦法擁有暑假的特權了。那群山的背後，是現在的我無法到達的地方。

陽光下每台車子都反射著金屬的光澤，排隊穿過那些連影子也輪廓分明的方格建築群。窗外金黃色的陽光靜好，時間像水黽輕輕地跳著，滑過光滑無波的水面。隔著玻璃在冷氣房內遙想被隔絕聲音與溫度的遠方，好遙遠，像是在電影院裡看了一整個下午的南歐電影。

啊，不愧是眼科，這樣的一個午後，感覺日夜埋首在千篇一律的醫療文書中的視力，終於得到了解放。想像未來的某一天，我已在某座醫院裡耗盡了大部分的青春，老到忘光了所有近視遠視青光眼視力檢查，老到與世界也隔了一層白內障；說不定我還會記得那個與整片汪藍天空對望的午後，還是一個什麼也不會、什麼也想學的實習醫師，獨自鎮守在那蒼白漂浮如天空之城的值班室。

值班室有鬼

我繞著病房找了很久，才在電梯旁邊斑駁的小門找到進入寢室區的入口。一整排破舊的木門，上面貼著開始剝落的號碼：1201、1202……一直排到走廊的盡頭，最後那一間，就是我未來半個月獨居的寢室。但是都沒有人。這是最詭異的狀況，整條走廊光晃晃的，卻沒有半點人聲，像是某個盛大宴會中，客人全被外星人綁架似的。這是以前舊病房與值班室改建成的男生寢室，因此依稀還有著往日作為病房的配置痕跡。慢著，醫院閒置的無人舊病房，深夜一個新來的年輕醫師疲憊地拖著行李入住，毫無警覺地躺上床去……這不是恐怖片的老哏場景了嗎？

我頭皮發麻。經過三番兩次地轉車，來到這家濱海的醫院已近深夜了，也總不可能拖著行李去跟對面病房的病人商借個病床來睡睡，明天早上還要晨會……算了，我深吸一口氣，推開房門。

值班室裡尚稱乾淨，只是桌上零散擺了些過期的八卦週刊與幾支殘破的聽診器；地上隨意扔散的值班服（就在不遠的牆上貼著嚴禁把值班服穿回寢室的告示）以及鐵架上一團一團用來練習綁線的外科結，顯示著這間值班室前不久有人住過。書桌前的牆上貼著過期的班表，不知道哪年的學長留下歪歪扭扭的字跡寫著：學弟加油！這是最後的辛苦時光了！

像極了以前高中時那棟歷史悠久的高三大樓，重複粉刷的教室牆壁總是無法徹底抹去每年將最燦爛的青春鎖在這裡，與大學聯考奮戰的痕跡：那些青春發洩式的三字經塗鴉，讀書時無聊用小刀對著牆壁亂摳而鑿出來的洞穴，以及一行行歪七扭八故作浪漫的留言。在那些被我們戲謔稱之為「歷史的榮光」的遺跡之下，學弟們看著榜單上發著光的名字，有為者亦若是地低頭發憤念書。那些歷代學長們的刻痕，有如歲月的墓園般，每年總是會添了些新的碑文；然後前人留下的遺跡也終刷上油漆，逐漸淡去。

而現在，我彷彿看到這間有了二十幾年歷史的值班室，一屆又一屆的醫學生們在這裡度過最後一年的實習艱苦時光。不知道是否神經太過緊張，似乎一直覺得門外有模糊的腳步聲愈來愈近……等一下入夢以後，恍惚間說不定可以看到某位醫師年輕時削瘦的身影推門進來，疲累地卸下沉重的白袍，拖著長長步伐走過寢室地板，倒回到當年他熟悉的床位。

說不定這間值班室真的有鬼，是歷代學長把歲月抛擲在這陰冷醫院與疾病進行纏鬥，以青春酬換醫學奧祕，用各種他們在此生活過的遺跡一而再、再而三地顯靈，炯炯地看著每年永遠青春的實習醫師。

鬼月

醫院，陰間與陽間的交界；新生命在此誕生，老去的生命也在此流逝。若是能夠感知異次元訊息的人來看，這家無時無刻都人潮洶湧的醫學中心，在另一個世界的情況，想必也是處處鬼頭鬼腦擠成一堆。

各種江湖上流傳的鬼故事都告訴我們，醫院的夜裡，那些樓梯間的陰暗角落、無人的病房，往往藏著各種鬼魂。那些鬼魂是每一個病床都裝載過各種生離死別的故事，像是生命的公車站牌，總是有人不願下車，也有人睡過站。

作為承受巨大生死流動的載體，順應民情，醫院的中元普渡法會格外盛大；不只直接照顧病人的臨床科部不敢怠慢，一些平常養細胞、殺老鼠，與世無爭的研究單位也會一起共襄盛舉，超渡一下為醫學進展犧牲生命的實驗動物。以院長為主祭，醫院的一級主管們也到場不少；為了病人也為了自己，大家都希望好兄弟飽餐之後不要來攪局，能讓未來的一年順順利利。各單位的供品在廣場上一列排開，主持典禮的僧團就緒，莊嚴隆重；平日嚴肅的醫師們此時都卸下科學與統計的武裝，站上祭壇，是一種與醫學無能為力的血肉人間表達和解之意了。

中元普渡最開心的時候，是在結束時，將一車一車的零食推回護理站集體瓜分；每個護理站的食性可以從祭品內容看出端倪。某護理站偏愛泰式辣味異國風的零食，另一層樓則獨鍾茶類清涼飲品。先不論好兄弟們滿不滿意今年的口味，我們這些出錢出力的陽間凡人倒是挺挑嘴的；一份祭品，陰陽兩界共享，人鬼同樂，那些繪聲繪影的鬼故事，好像也沒那麼可怕了。

作為病房流動人口的實習醫師們，偶爾也能從豐收的祭品中分到一杯羹，似乎隱隱有著讓我們嚐點甜頭，不要在期末座談會時爆料作怪的意思，是另一種層次的普渡。但我們真正在意的是，鬼月開刀住院的人多不多，值班時，病房能不能一夜安寧。隨著社會現代化的腳步，醫療被簡化為一手交錢、一手交貨的交易行為，愈來愈少人對鬼月有特殊的禁忌了；被遺忘的鬼魂們只能空虛地飄蕩在深夜的走道上，瞪著滿床的病房，以及眼神呆滯匆匆走過的值班醫師。

鬼月不知不覺在一連串的開刀與查房間已經過了一半，沒有超自然現象，也沒有靈異照片。走出病理大樓時已經黃昏，下午舉辦過法會的空地只剩幾張散落的鐵

桌，以及隨風旋轉的紙錢。空氣中留有線香焚燒過的味道，天上萬里無雲；這個陽光普照的中元節，眼看著就要過去了。

員工用餐區

近年來的醫學教育聲浪，希望實習醫師們能夠對自己負責的病人達成全面照顧（total care），亦即將一個病人從問病史、下診斷、開醫囑乃至做處置，都自己第一線包辦；然而依據實際情況，有些人會真的total care，總是也有些人會變成「偷偷care」。然而不管工作量忙碌或清閒，中午大多還是能有人性化的放飯時間，讓整天在病房內被各類疾病轟炸的實習醫師們至少有個中場休息的機會。

因此，每到了中午左右，醫院地下街的員工用餐區總是擠滿了一桌一桌的實習醫師，利用這一天中僅有的悠閒時光，交換著彼此病房工作的辛勞，順便遊走傳遞從各個護理站之間所蒐集來的八卦消息。主治醫師人好不好，病人或家屬又有天馬行空的要求，哪個病房的某護理師千萬別惹；那些最初義憤填膺狗屁倒灶的各種衰事，在此都雲淡風輕，便成了搭配午餐最佳的小菜。

在我尚未進入臨床階段之前，曾經到土耳其的醫院當過短期的交換學生。那時候負責接待我的當地聯絡人是一個實習醫師，每天只要病房一有空檔，就會找機會往地下室的小酒館鑽。在那裡，撥開昏暗燈光下的煙霧（土耳其似乎沒有禁菸這回事），桌子後面總是有他認識的熟臉孔，坐下來就是抽不完的菸、聊不完的天。

我那時候尚不明白，為什麼大家總是往那裡跑；原來員工用餐區所供應的不只是食物，也提供勞累一整天的疲憊心靈有個可以放鬆的角落，一個港口的角色等遠航的船隻停泊。

在那連續值急診夜班的日子裡，好不容易抽空暫時揮別忙碌的急診室，吃個遲來的晚餐。離開終日燈火通明、第一線面對各種疾病的急診治療一區，時間的流逝才開始變得清晰、有現實感了起來。此時原來已逼近午夜，中午時分人潮雜沓的地下街餐廳，現在空無一人。座位區早已熄燈，攤位大多拉下了鐵門，僅剩一家麵店的招牌還亮著，但也接近打烊。老闆娘單薄的背影在白色的蒸氣中顯得面目模糊，我叫了一碗湯麵，將就要了些所剩不多的配菜，在空蕩蕩的員工用餐區隨便找了個位置，準備享用我的晚餐。

捧著那邊緣略顯油膩的塑膠碗，吹開浮著的薄薄油花，熱氣呼地捲了上來。這時，我看到另一個穿著和我一樣的藍色工作服的身影，也走進了餐廳；那是我的同學，他見到了我，點了一碗麵之後，也拉了張椅子在我對面坐了下來。

像一艘船在深夜的海上，遇到另一艘船的燈火；我們對這樣的相遇沒有多大的驚喜，反而是一種同為天涯淪落人的疲憊。面對在同一家醫院的不同樓層、與不同疾病奮戰的值班夥伴，只需要簡單招呼：

「今天也值班啊？」

「值哪裡？」

「是哦忙嗎？」

捧著同樣一碗湯麵，披著同一樣式，但已不再嶄新的白袍，我們像戰爭片裡，經歷過數天戰事終於緩和，偶然在壕溝中相遇的戰友，看著對方瞳孔中自己的影子，已滿臉汗垢長滿了鬍碴。此時有默契地為彼此點一根菸，煙霧中藏著字句：「昨天那場炮擊真猛烈啊。」「沒想到你還活著？」「運氣好而已啦！」不必說話，那是只有同樣經歷的戰友才曉得的無聲密談。

當然這裡不能抽菸，所以我們只能一起吃著麵，麵湯吹起熱呼呼的煙。面對即將來臨的漫漫長夜，哪時候手機將會響起，又會有什麼樣的緊急狀況；此時全都不

想管了，默默無言，在無人的餐廳專心地埋頭唏哩呼嚕吃著麵條，竟是整夜心裡最溫暖、飽滿的一刻。

雞排巷

「我剛來這裡的時候，你現在看到的這些賣滷味、鴨頭的攤販，從台北市中心返回郊區的通勤車潮，這些『扛棒』，這些穿梭街頭，臉上掛著幸福表情逛街的年輕人，根本就不存在。」某次跟資深的主治醫師吃飯時，他這麼說著。

我們身處巷子裡一家西餐廳內，音響裡播著輕柔的古典樂；侍者收走桌上的空餐盤，端上飯後甜點。很難想像主治醫師口中提到，那個遍地紅土，除了一間怪物般自平地拔起的巨大醫院以外毫無人煙的林口台地。

而窗外那條巷子，幾乎是這附近最熱鬧的地段；它正式的名稱是「復興北路」，但我們都叫它「雞排巷」。

七年前我剛入學的時候，這條街還是空蕩蕩的；夜裡偶爾兩、三個當地少年比肩走過，踢著空罐子喀啦啦聲音在無人的黑暗裡迴盪。巷子口接近大馬路處有一家炸雞排攤，營業到很晚；穿著白汗衫的老闆與一個夥計滿頭大汗在金黃色的油鍋前，將裹滿粉、彷彿京劇演員的臉而絲毫看不出底下肉色的雞排，一塊又一塊丟進滋滋作響的鍋中。大約九點多了，攤子前依然排著長長的人龍，都是些略帶疲憊的年輕面孔，盯著剛起鍋、還晾在鐵網上滴著油的雞排乾瞪眼。偶爾你從旁經過，其中一個面孔忽然亮了起來，興奮地打招呼：那是你的某個同學，準是因為學長姊或學弟妹要考試了，騎車出來買宵夜。

送宵夜是系上的傳統。上屆學長姊總是熱情地在學弟妹們上大學第一次期中考時，送上各類熱騰騰的宵夜，學弟妹念書到半夜時熱淚盈眶地接到宵夜，則有樣學樣地在學長姊考試時回送。如此回送又回送，形成一個食物的軍備競賽，也肥了醫院附近的各類攤商。

雞排當然是宵夜裡最常見的；吃膩了雞排，也有人選擇送隔鄰那攤的可麗餅，順便欣賞賣可麗餅的長髮姊姊。那攤的女主人沒比我們年紀大多少，看她在圓形的大鐵盤上平鋪一層乳白色的麵糊，等凝固變得金黃時，優雅地撒上玉米、鮪魚、巧克力醬等等，再用煎鏟小心捲起，裝進紙盒裡。我們每次排在隊伍中，看著姊姊專注的神情，總是竊竊私語打賭著誰等下要過去搭訕；但是沒有一次真正實行。

除此之外，離雞排巷不遠的一個美食廣場，也是我們購買宵夜的大本營。說是美食廣場，更像是一個由十來家攤販共同經營的小型夜市。攤販的店面呈ㄇ字形圍繞，中間擺滿了夜市常見的廉價摺疊不鏽鋼桌、橘色或綠色的塑膠碗。免洗筷的套子紛飛，一個老人駝著背，穿梭在桌面堆滿了啤酒與熱炒空盤、大聲喧譁的顧客中，默默地把剩飯、剩菜掃進餿水桶內。

雖然我們偶爾也會外帶這裡的山西刀削麵、羊肉羹或蚵仔煎回去當宵夜，但記憶中最熟悉的還是一群同學將幾張桌子併在一塊，每個人各自端來自己買的晚餐，湊成一桌豐盛的筵席。而也只有這時候，那鬼魅般與我們似乎不同時空的安靜駝背老人，才會開口用沙啞的嗓音訐譙，抗議我們帶太多外食的垃圾進來。

通常是游泳隊練習之後，幾個飢腸轆轆的大男生踢著夾腳拖，勾肩搭背走過狹窄的騎樓，穿過又濕又冷的冬夜，前方就是熱騰騰美食。那時的雞排巷總是空曠而黑，雖然小巷兩旁都畫了紅線，卻也寬容地讓我們把車隨便停在路邊，走去不遠處的美食廣場。而現在從窗外看出去，賣鹽水雞的、滷味的、雞蛋糕的攤車，早已占去了大部分的路肩，甚至鮮少有車敢在下班人潮擁擠之時擅闖；雞排巷此時已成了像西門町徒步區一般，不容侵犯的存在。

主治醫師指著窗外正在整修的對街燒臘店說：「這種店面現在至少三十萬起跳啦！你知道嗎，十年前只要六、七百萬就可以買得到。」正在裝潢的店面漆黑一

片，一些傾倒的木柱與垂吊的電燈，一副鬼屋的樣子，看不出有三、五千萬的價值。右邊轉角處是一家流行女裝店，此刻正掛出一串旗幟似的招搖短裙吸引下班路過的護專女生；左邊是一家在建築物夾縫中求生存的狹小精品店，賣著可愛的小飾品，玻璃門上用粉色蠟筆寫著：「指甲彩繪150」。再過去是新開的義大利麵店，門口架著小黑板，寫著今日特餐；大面窗戶可見店內刻意擺設成歐洲鄉村廚房，以草繩串成一串的大蒜、麥穗、香料罐；再過去……

雞排攤早在幾年前就已經搬到外邊的大馬路上自立門戶，這條安靜的巷子乘著林口暴漲的人潮愈來愈熱鬧。我想起前幾週，與低年級的學弟聊天時談到：「……那我們就約在雞排巷口好了。」「啊？雞排巷？雞排巷在哪裡？」他一臉狐疑。

時光的鏡頭快轉，身旁的人潮匯集成色彩繽紛的河流；抬頭一看，建築物像Discovery用縮時攝影拍攝種子發芽般，往遠處一棟一棟建立起來。店面熄燈，然後打掉變成廢墟，轉瞬間又骨牌般嘩啦啦翻面換了個面貌，夾帶著更炫、更新潮的招牌出現在原處。遠方灰色的巨型水泥梁柱，撐起正在興建中的捷運高架橋遮蔽了天空，宛如《雷神索爾》中那壯闊的、連接星系之間的時空走廊；其下，轟隆轟隆等紅燈的車潮則像《魔戒》裡等待白袍巫師一聲令下的騎兵，馬匹鼻孔噴著熱氣而馬蹄焦躁跺著地，黑壓壓就準備要衝鋒而過……

一切正在改變，正在翻新；這是我用了整整七年，所熟悉但轉眼又復陌生的林口長庚商圈。

是的，原來我們的雞排巷，此刻已經不存在了。

輯二

成為——失去的，正是獲得的

那些時刻如微小的繁星一樣點亮了治療室，好像遠處真的有一條銀河，只要努力伸出手，幾乎就能觸及。

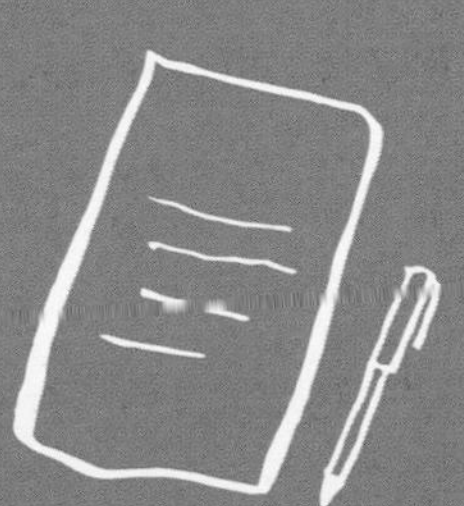

最後三十分鐘

女孩子躺在擔架上被推進來的時候，我正在旁邊縫合室的小房間幫一個弟弟縫頭皮的傷口，一旁他的父親略顯不安地在背後盯著我，使我只好按捺住心底不斷湧出想要去隔壁幫忙的好奇心，繼續一針一針地縫；當然我也知道，在這種緊急場面，實習醫師能幫得上忙的機會不是很多。

這是整個急診外科僅一個禮拜的實習過程中最大、最糟的狀況。一個多小時前就聽見急診的主治醫師在講電話接洽，說是一個二十歲年輕女性被砂石車輾過，大量血胸、血腹外加骨盆骨折，外院做完初步處理之後就會送到我們醫院。幾乎所有外傷科常見最嚴重的診斷在她身上都有了，每一個都是死亡率很高的外科急症。

女孩子的擔架在一群醫師、護理師的簇擁中，筆直穿過急診外科等候區吵吵鬧鬧的病人群（彷彿聽到那些原本小聲埋怨自己傷得那麼重怎麼都沒有緊急處置的病人全噤了聲），被推進隔壁的急救室。隱約只聽見人聲嘈雜傳了過來，似乎有人跳上去做心肺復甦術，其他人手忙腳亂試圖在任何可以找到的血管上放置點滴針，然後有人走過來把兩個房間中間的門關上。

等到我結束手邊的工作，換好衣服進入開刀房，手術已進行了一半。我瞥了一眼牆上的手術計時器，手術開始了十幾分鐘。麻醉科的儀器嗶嗶作響，靜脈連著許多管線通往紅色的濃縮血液、透明的生理食鹽水、乳白色的血小板，點滴架上各種顏色的藥瓶及輸液袋結實纍纍。值班的主治醫師與住院醫師分站兩旁，住院醫師用手抱住濕淋淋的一團粉紅色大、小腸讓出視野，主治醫師正浴血奮戰，將雙手伸進後腹腔又翻又掏，器械與紗布齊飛地快速止血。另一位住院醫師原本正在旁壓胸，見到我進來如見救星，將ＣＰＲ的工作換手交給我之後，轉身也加入了腹部的戰場。

綠色布單以外露出女孩子的臉，她嘴裡咬著氣管內管，雙眼緊閉彷彿睡著，從布單底下大字伸出來的兩隻手臂因血液灌流不足而蒼白得有些死灰。我盡量擠出空間讓給滿頭大汗的主治醫師，用蹩腳的姿勢側身做著壓胸的動作；壓胸的力道讓女孩子綠布下的身體像是波浪上的船一樣搖晃著，那些奪門而出的大、小腸也彷彿某種軟體動物般晾著黏液蠕動。

靠得愈近，即使戴了口罩，也都還聞得到那氣味。酸酸的、乳酪般的、腸內菌

叢集體嘉年華似發酵的氣味，與乳白色的食糜一起星點散落在腹腔各處。慘啊，腸子破了，我想。在平常開刀時這是不得了的大事，代表後續難逃嚴重感染的命運。但這時候的狀況已經無暇去管腸子的事了，骨盆腔裡面的出血在紗布拿開的一瞬間又湧了出來，彷彿上頭輸進去的液體直接流進腹腔裡；心跳依然沒有起色，牆上的時鐘也走到二十幾分。

「不管怎麼樣，盡量救她到三十分鐘。」主治醫師下了決定。

心肺復甦術三十分鐘，通常就是急救的極限了。其實看著監視器上的波形就能知道，不管是電擊或壓胸，都無法取代心臟自發性的電訊號。心臟的電氣活性會愈來愈弱，能壓得回來的病人通常最初三、五分鐘就有起色；況且人工心外按壓的給血功能畢竟無法取代真正的心臟收縮，超過這段時間，各個重要器官缺乏灌流太久，造成的缺氧損害已經到無法回復的地步。因此除非病人狀況特殊有存活可能，否則急救都以三十分鐘為限。

一旁的護理師小聲地提醒，三十分鐘到了。我抬頭一看時鐘，其實已經超過了幾分鐘，但是在場所有人都很有默契地忽略這個事實。繼續救！繼續止血繼續壓！主治醫師沒有說話，住院醫師也沒有說話，但是大家都不想承認這個女孩子已經離開了。

我們停手，就代表了一切的結束；然而我們不停手，一切就不會結束嗎？

我看著她的臉，難過地想：這個大二年紀的女孩子校園陽光下的美好青春，生活應該圍繞著化妝、打工，以及即將來臨的期中考等小小煩惱，為什麼會在這個時候以這種破碎的姿態出現在急診室呢？她是下了課正要赴約逛街？還是騎著機車趕著去打工？隔天早晨的課堂上，他們班就永遠少了一位前一天還有說有笑的同學了；更不用說才剛接到警方電話，接著就要再由醫師宣判結局的父母。為什麼上天要一點準備都沒有，就丟給他們這樣一個艱難的考驗呢？

走回開刀房更衣室，全身肌肉都在抗議，彷彿從前體育課測完三千公尺那種痠痛不堪；換下綠色手術衣，吸水布料縫製的衣服早已一身臭汗。連續半小時的ＣＰＲ竟能如此疲乏，但是能流汗、能覺得痠痛，是生命依然存在的證明。我還活著，但是今天晚上有一個比我年輕的生命就這樣倉促而忙亂地離開了；死前的最後半個小時竟然是我、這個沒大她幾歲的實習醫師，在拚了命地代替她心臟的功用。

走在醫學大樓的中央走廊上，忽然一個婦人從後面叫住我，「醫師請問一下，加護病房怎麼走？」然後遞出了一張寫著名字跟病房號的紙條。我看到那名字心裡一緊，很想脫口而出告訴她：「你不用去找那間加護病房了，因為那個名字的主人到最後還是沒能夠撐到加護病房。」

然而我沒有點破，假裝不知道地告訴她加護病房所在的樓層。或許這個悲傷的故事不應該是由我來結尾吧，或許最後這十幾分鐘讓她懷著希望也好。看著她急急忙忙穿過冷清的走道跑向電梯的背影，我忽然覺得巨大的虛脫感從體內深處湧了上來；至少在今天晚上，我只想頭也不回地離開醫院。

洞天

燒燙傷中心藏在人跡罕至的一角，要過兩扇自動門，出入刷卡管制，與外界層層隔絕；門前除了神色匆匆的醫師偶爾經過以外，少有人煙。

但鐵門之後卻別有洞天。如同古代尋仙的儀式，雖然不必齋戒沐浴，但必須在兩扇鐵門間的小更衣室戴起髮套、口罩，換上全身隔離衣物，腳踩雲霧般的兩團藍色鞋套才得以進入；鐵門開啟，冷冽的空調撲面而來，口罩綁帶在頭部後方隨風飄然，舉目是無塵的加護病房，如登異境。

小時候聽過一個寓言，老神仙給求道人成仙前的最後一個難題，就是跳進滾燙的泉水裡，洗盡肉身俗塵，才有資格脫離俗世而羽化飛升。來到燒燙傷病房，才明白那個寓言背後是如此沉重的隱喻，那義無反顧地縱身一躍，捨棄的不只是那層輕薄的皮膚，而還有其他更多更沉重的事物。

以護理站為中心，燒燙傷病房呈ㄇ字形展開。每間病房有自己的空調、浴廁與門窗，裡頭病床上一個一個躺著的，是包裹在白色紗布中的燒傷病人，如蜂房中的蛹，等待護理人員灌食換藥，羽化著，緩慢成長。

有人在病房裡聽著收音機，廣播電台放完了流行歌，主持人略帶沙啞的嗓音說，現在時間中午十二點，我們開始播報午間新聞。

新聞裡字正腔圓地播報著的，盡是一些衣冠楚楚的政治事件，和殺人放火的社會消息。那些似乎都離我們很遠，很遠；這裡是另一個星球的太空站，無菌無塵，穿著只露出眼睛的太空裝，吃從地球運輸過來的太空食物（其實是因為換裝太麻煩了，時常出入加護病房的阿嫂就順便幫所有人一起買午餐便當）。太空梭機組員忙碌地走來走去，每天監測病人各項數據，務必讓他們安全降落於宇宙彼端。

偶爾聽到記者潦草地播報過去，說著附近工業區發生了化學藥物儲存槽的氣爆事件，一名工人嚴重灼傷……那些永遠藏在最小版面的新聞，是唯一與我們有關的；新聞如預言一般，沒多久，那位病人就真的出現在大門口。

燒燙傷加護病房門口處有一處水浴室，入院的病人必須先在消毒水中浸泡，脫去那些黏連的焦痂與衣服。這是進入無塵世界的儀式。歷經疼痛，洗去髒汙、膿血，連著那些脫落的皮膚，象徵著外面正常的生活也一點一滴地剝落。沒有那些夏日的海濱了，沒有百貨公司，沒有下午茶；前方的路程艱難且遠，此去便是數週至數月修行般的日子了。

狀況最嚴重的病人剛住進來時，都要住在一人一間的特殊單人房裡，那是加護病房中的加護病房。一天兩次的大換藥時，我必須要跟在護理師後面幫忙；換藥在這裡是高度專業化的，如一支訓練有素的足球隊。她們四、五人一組，當有人幫翻身時，有人順勢除去病人的衣物；有人在病人身上清潔時，有人抹藥膏。

我的工作是在她們忙著時，扶住病人的氣管內管，以防在換藥翻身時掉了出來。維護病人氣道暢通是一件極其重要，做起來卻又非常無聊的差事；但扶管子的人必須站在病人床頭正後方，這個位置讓我得以一覽整個換藥流程。

我看到病床正上方的冷氣出風口用塑膠紙罩了起來，問換藥中的護理師為什麼；她頭也不抬，說：「因為換藥的時候，每一絲空氣吹在患者身上都有如刀割。」每日換藥兩、三次，如千萬輪的刀刃割在身上；這裡的時間的刻度，是以疼痛的次數來計算的。

紗布拆開，那個病人整個上半身三度灼傷，整個人像一顆削了一半的馬鈴薯，泛著黏液，滴著水；在傷口上用力地擦洗之後，褐色的表皮剝落，露出死白的皮下組織。一旁的總醫師看了搖搖頭。這些組織基本上是死的，需要經過「清創」——

我曾在手術室裡看過這種清創的過程，那是像削皮一樣，刮刀刮下後地上片片都是病人的死肉，換取底下血肉充盈的正常組織成長的空間。

對於大片傷口，唯有妥善清創之後，才能進行植皮。植皮手術如女媧補天，以自己頭部或大腿的健康皮膚，覆蓋住傷口。取下來的薄薄皮膚會經過加工，裁切成網狀，以包覆更大的面積；但對於面積太大的燒燙傷，植皮一次不夠，取皮處的傷口會被妥善包紮，送回病房養皮幾個禮拜，再取一次。在這無盡的取皮輪迴中，他們靜靜躺在病床上，像是睡了，又好像清醒著知道一切，只是將自己放逐到痛覺的邊境，一直忍耐；他們正以肉身為鼎，疼痛為薪火，煉化著表皮細胞的補天石。

燒燙傷中心的病人們遍布各個年齡與社會階層，每個人都有可能因為各種意外而住進來。病歷翻開，入院記載中滿滿的故事，都是一齣悲劇的起頭：有因為母親不小心而被熱湯當頭淋下的小朋友，有準備晚餐時不小心燙傷的家庭主婦，也有英勇衝入火場救人而燒傷的消防員。

然而大多數的病人都是勞動階級，例如那位化學槽工人，結束緊急處理的學長偷偷告訴我他的悲慘身世。他出生於父母離異的單親家庭，成年後沒有工作的他好不容易存了錢娶了外籍配偶，但如詛咒般的，後來自己也離了婚；住院之後，留下兩個智能不足的小孩在家裡不知道有誰照顧。他先前才因帳戶被犯罪集團盜用而入獄了幾個月，好不容易出獄後終於找到了工作，卻又遇上儲存槽大爆炸，那是他上班的第一個月。他的人生在入院以前似乎就被這個社會一次又一次地清創，面目全非，削得幾乎一點也不剩了。

撇開劇情豐富得可寫成小說的大人不提，那些因家庭意外住進來的小朋友可能是病房裡最單純、最無憂無慮的一群。幾個四、五歲的小鬼頭常常在我們開醫囑、推著藥車，甚至主治醫師查房時，無預警地尖叫著衝過腳邊，或是在病房內騎著小三輪車橫衝直撞。

他們大概是病房裡唯一真正快樂的。換藥時的顫抖與哭叫如夏季雷雨過去，幾分鐘後又露出晴朗的天空；他們不安分地鑽到電腦下方探險，或是跟著藥車到下一個換藥的同伴床前，以過來人的姿態幫另一個哭叫的小朋友加油打氣。或許是某種心靈的保護機制，他們善於遺忘：忘記那些前一刻才撕開傷口上的敷料換藥的護理師阿姨是多麼狠心，擦乾眼淚，過幾分鐘又笑嘻嘻地在她們腳邊跟前跟後。

媽媽餵完午飯之後，搗蛋鬼終於滿足地睡著了。他的睡臉除了疤痕以外，與其他五歲小孩沒什麼不同，那些疼痛似乎從來不曾在他心裡留下傷口。他們在這裡忘記過去的容貌，忘記疼痛；在這裡沒有鏡子，也沒有或憐憫或恐懼的眼光，在燒燙傷加護病房，至少是絕對乾淨的，適於癒合。

離開住加護病房的急性期之後，最艱苦的戰役才真正展開。

皮膚是人體最大的器官，一層薄薄的皮膚是堅守體表的第一道防線；廣告總是鼓吹我們花大筆的金錢，將它們變得白淨平整，但其真正功用遠大於我們目光所能看得到的一切。顯微鏡底下觀察，它是藏在粗厚外表下微型的熱帶雨林：高大的汗毛喬木林立，其下棲息著敏感羞怯如蕨類的神經末梢受器，偶有曲折的汗腺生長其中，汗水如午後的陣雨，潮濕土壤的腥氣瀰漫林間，隱藏於其中的，是專屬於赤道的熱情。

但雨林被火焚盡之後，取而代之的是醜惡如水泥般的膠原纖維鋪天蓋地，填滿了原本各種皮膚附屬組織所茂盛生長的、鬱鬱蔥蔥的地盤。那些人體製造出的水泥叢林謂之疤痕，是皮膚地景上難以抹滅的痕跡。它僅僅覆蓋了其下脆弱的組織以防風吹雨打，卻失去了正常皮膚該有的生命力，無法呼吸，無法排汗，全然地面無表情。

而疤痕最是纏人。它如蟒蛇般緊緊纏繞於身上，隨著時日逐漸緊縮，泛著妖異的鱗片反光。它纏住關節，便攣縮；纏住胸口，使肺葉無處擴張。壓力衣是與疤痕長期抗戰的武器。門診常有穿著壓力衣的病人回診，像忍者的裝束，只露出眼耳口鼻的洞，其他的皆隱藏在膚色的緊身衣底下。我常想著那些裹在厚厚壓力衣之下，卻格外脆弱的靈魂，是不是正在從僅有的幾個洞裡，羞怯地窺探著外頭呢？外面世界裡小小的稜角，一個不經意的眼神碎片，會就此不小心傷害到他們嗎？

疤痕如藤，沿著時光慢慢生長爬行。回診的病人裡，有新的疤痕，也有老的疤痕；新的疤痕猶堅硬紅脹，老的疤痕經過無數拉扯，已浮貼肌表，淡得幾乎與一般皮膚無異了。診間前候診的病人，目光偷偷掃過彼此的疤痕，你瞧瞧我，我瞧瞧你，疤痕如隱藏資訊的條碼；新疤痕是記憶中仍然鮮明的痛苦烙印，老疤痕則是可見的未來，時間過去，一切雲淡風輕。

之後我離開燒燙傷中心，轉往樓上的整形外科病房受訓，偶爾會有燒燙傷的病人回來住院做整形手術，將攣縮的疤痕拉開。點開電子病歷，出現的是一長串「輝煌」的戰果。例如那個長頭髮的女孩子已經做過八次手術整形，另一位瘦小國中生則是十四次；那些糾結生長的疤痕，張牙舞爪棲息在皮膚上，也攀爬在生命中，伴隨他們成長。他們似乎都已經認識很久了，不知道是在加護病房一起日夜胡鬧過，抑或是曾在診間前的椅子上交換彼此的疤痕與故事；那些疤痕是確認彼此身分的鑰匙，如地下行會的祕密切口，唯獨有此紋身的人才能獲得認可，進入這個與外界隔

著一堵高牆的世界裡。

我親眼看過一個小女生，亮出自己手臂上的燒傷疤痕給另一個新來的小男生看。那似乎是一種盟誓，「你看，我們是同一國的」；以及一種安慰、一種保證，「別害怕，這些疤痕不會痛，之後一切都會好好的。」

過兩天就要結束整形外科的輪訓了，對身為實習醫師的我而言，來時是如此輕易，離開也如此從容；但是他們是走不開的。每隔幾個月，就要重新接受一次手術，在肌膚上雕刻，剔除過度生長的纖維組織，讓疤痕變小；但無論再多的手術，那些永久的疤痕猶如那段灼燒過的記憶，變淡了，卻永遠不可能消失。

我離開後不久，就發生那件大新聞；嚴重燒傷的女歌手在記者團團包圍下送進我們的加護病房。那之後約有兩週的時間，藏在醫學大樓角落的燒燙傷中心門口日夜守候著攝影器材的叢林，那些目露凶光的攝影機，饞樣畢露地獵食著每個從加護病房裡走出來的人。因為事件鬧得實在太大，院方下令封鎖一切消息。我偶然間輾轉聽說因避免訪客時間太多人干擾，女歌手在病情穩定後，被移到燒燙傷中心後方的小病房。

那間病房我有印象，是獨立於其他病房的小房間，位於整個燒燙傷中心的深處，如一座遺世獨立的島嶼；與其他病房不同的是，那間小病房裡有唯一一扇窗戶，雖然不能打開，陽光卻常常充滿整座孤島。

於是我想像，在那些永無止境的漫長午後，她應該也忍受著每天換藥時無限輪迴的疼痛，日復一日吃力做著復健；紗布底下的細胞努力成長，發出耳朵聽不見的細碎聲音，像風吹過滿地落葉翻滾，新生微癢的嫩皮漸漸填滿傷口。

或許她偶爾會抬起頭，像那些曾經住過這張床的病人一樣，目光越過冷硬的牆壁上唯一一扇窗戶，看出去，窗外依稀有樹的影子，時序開始進入秋天。那些疤痕啊疼痛啊所築成的高牆終究會被打穿，陽光從洞裡照進來，雲朵淡淡飄過，露出晴朗的天空。

眼底的風景

我拿起眼底鏡，調整其上的轉盤，小小視窗裡的瞳孔逐漸清晰。烏黑的瞳仁，裡頭藏著靈魂，在燈光下不安分地跳動閃躲，像燭火。

焦距對準，首先會看到水晶體微微反光，如巫師的水晶球；一些水晶體模糊了，那多是上了年紀的老人，有著輕微白內障的徵象，泛著霧氣的水晶球，彷彿婉拒了他人的任意窺探。

若眼底鏡的光線能穿過瞳孔，穿過水晶體，就能在小視窗中看見大半個眼底，泛黃而靜謐，是光最終棲息的底片。只要一把小小的眼底鏡，就能恣意窺視眼底的神祕；那裡有細小的微血管末梢，有經驗的醫師可以一眼看出各種疾病的預兆。雖然關於眼底血管病變的問題在這個醫學昌明的時代，都被直接轉介給眼科去了，然而一些老派的醫師還是反覆強調，眼底檢查是必要的標準理學檢查項目之一。

我是幾近崇拜地仰慕那支十九世紀中葉就發明的儀器，運用簡單的鏡片與光學原理，讓人類目光第一次看進活體的眼底。我喜歡拿著眼底鏡，想像著自己是日治時期的醫師，皮箱裡裝著各種診斷器材，夜裡騎著腳踏車在鄉間出診。在遙遠的年代裡，沒有核磁共振也沒有電腦斷層，醫學就是敲敲叩叩，運用一些設計單純的儀器做出診斷。那時抗生素還沒發明，醫學如清晨雲霧鎖住安靜的森林，還帶有巫醫的血統，草木的香氣。手握眼底鏡，像那是遠古時期傳下來的法器，有著厚實的觸感，殘留神的手溫；彷彿會使用眼底鏡，就能回到那醫學的美好舊時光。

為此，我特地買了一支二手眼底鏡（即使以後根本沒打算走眼科），並選擇眼科病房作為實習單位。

那些因視力問題而住院的新病人，我都盡量做了眼底檢查。健康人的眼底，視神經盤明亮如滿月，圍繞一圈光暈，幾根枯枝橫過夜空，那是眼底的血管，像一個乾淨晴朗的夜晚。

有些夜晚出現烏雲，那或許是糖尿病造成的出血病變；甚至大片雲層席捲而來，裡頭風雷隱隱，則必須考慮視網膜剝離的可能性。青光眼、血管炎、甚至連顱內壓力升高，都有各自的隱喻；在有經驗的醫師眼中，水晶球背後每一絲天光雲影，仔細捕捉，都可以占卜疾病的未來吉凶。

我遇過一個年輕病人，急性雙側視網膜剝離，他的視網膜在眼底鏡下開了大蓬大蓬的暗色的花。他的病史究竟是如何，我已經忘記了，只記得他下床的時候，那是一種在黑暗中緩慢前進的姿態，盡可能延展自己的感官，像冬夜下床赤著腳摸索拖鞋的樣子。他的眼球完好，卻沒有視覺，空洞的眼神似乎沒有什麼東西能夠填滿；但他的眼睛仍然張開向著前方，堅定地看著，彷彿一直往前走，就將會穿過隧道，有光在不遠處等著他。

這禮拜我跟門診的主治醫師是眼整形科的專家，門診絡繹不絕是來處理眼皮或眼袋的病患，每個禮拜兩天開刀日，都各排了快十台刀。雖然大多與視力無關，縫縫補補卻也雕刻著靈魂之窗的風景。眼科手術與印象中外科開刀的大開大闔不同，那是一種精細的女紅：幾乎不見血，只有稍微切開皮膚，吊上絲線，睜開眼，深刻的雙眼皮便已成形。由於眼科手術幾乎都不用全身麻醉，她在吊好線後，總會拿一面鏡子過來，叫病人眼睛眨一眨，看看鏡中的自己滿不滿意。若是有意見，就再修，再調，再遮上鏡子，眨一眨。

但是依然有人不滿意。例如一位年輕長髮美女，輾轉做過多次眼部整形手術之後仍覺得有瑕疵，認為手術將她的右眼眼皮多上提了〇・三公分；她言之鑿鑿，說著從此眾人視她為醜怪不願接近，每次看到鏡中自己就痛哭一次云云。

主治醫師特別在門診結束之後留了一個小時跟她長談，她仍然堅持是主治醫師醫療疏失，要索賠精神損失等等總計五百萬。她略帶哭腔苦苦哀求，彷彿手術後生命從此失去意義，墜入悲慘的深淵；高壯的男朋友在旁一搭一唱，話中透露著自己不但有黑道背景，人面廣闊，還認識大報記者與各黨派立委等等，盼主治醫師三思。

後來這場會談沒有什麼結論，不歡而散。他們走得很匆忙，甩上了門，還聽得到高跟鞋扣扣扣扣遠去的聲音。診間窗外看出去，此時盛夏的台北街頭，蓬勃生長的樹葉在陽光中搖曳，豆大的光點如雨一批一批灑在柏油路上；整城光影的嘉年華會，他們走得太急，恐怕是沒有瞧見了。

整形外科的兩個世界

有人說，整形外科分兩種：「醜的整形外科，跟美的整形外科；累的整形外科，跟輕鬆的整形外科；救人的整形外科，跟賺錢的整形外科。」外界對整形外科的印象大多來自那常上電視通告、總是被一堆女明星簇擁著的整形外科型男醫師：帥，高大多金，嘻皮笑臉地在談話性節目上誇耀著美國進口的神奇電波儀器，或是韓國剛發明的整形手術之類。

然而，有另一種型態的整形外科醫師通常比較默默無聞，他們作為外傷整形外科，每隔三、五天就要有一天徹夜開十來個小時的刀，枯坐顯微鏡前，用比頭髮還細的線一針一針接急診病人斷指處筆芯粗細的神經血管；或同樣十來個小時，顯微外科醫師化身為人體的陶藝家，將大腿取下的皮瓣修補成口腔癌患者新的臉頰。

那些充斥在東區、影劇版、八卦雜誌上，修補外觀細微缺陷、光鮮亮麗的醫療當然有其必要性；但是整形外科不為人知的另一面，需要用到顯微手術接神經血管的，卻大多是來自社會底層，以高危險工作餬口的勞動兄弟。因此，名媛與勞工，構成了整形外科病人的兩個極端。

整形外科的病房，往往隔了幾張床就是天壤之別的命運。例如今天晚上，一位媽媽就不斷地走出病房抱怨諸如：為什麼不是一張床一張電視、點滴架居然要用借的等等。這次她又來到護理站，堅持一定要有人去看看她明天要手術的女兒，那個小病人，解了幾粒羊大便。

一個病人剛從開刀房推回來，護理師們都過去幫忙，我只好放下開到一半的醫囑，陪著她到了廁所；肇事者正打扮得像個小公主，一臉無辜淚眼汪汪地站在馬桶旁邊，媽媽在一旁焦急地說她好幾天沒排便了。我對著沉在馬桶底部那幾顆可憐兮兮的便祕端詳許久，最後作出結論：「可能是不習慣醫院的廁所吧，很多人住院都會有這樣的問題；而且小朋友不多吃蔬菜、多喝水的話，便祕情況也滿多的。如果真的解不出來，要不要塞一顆軟便劑？」那媽媽幾乎跳了起來，一副我們打算對她的寶貝女兒做什麼恐怖人體實驗的表情，連忙說不用了。

最後的妥協就是，同意先不塞屁股，吃軟便劑跟多喝水、多運動看看。媽媽抓住機會跟我興師問罪說我們的護理師態度很差，我嚇了一跳；問仔細之後才知道，

她是在抱怨護理師不能洞燭機先地幫她把空了的點滴袋換掉，並接著說了某某醫院服務多好、設備多棒（有單人液晶電視），護理師都會過來主動噓寒問暖云云。

我一邊聽著她的抱怨，心思飄回到幾個病房之外，那個剛開完刀推回來的新病人身上：一個渾身髒汙、怯生生的男生，半工半讀地在工廠當學徒貼補家用。或許是一個瞌睡、一個操作失誤或其他我所不知道的原因，他被高速運轉中的機械當場削去半個手掌。大男孩剛從手術房出來，我看他接上去的手掌，泛著冷冷的死白，血液灌流狀況可能是凶多吉少了。整隻手掌功能最重要的大拇指也被切掉，之後或許要進行好幾步驟的重建手術，才可能有機會把腳趾移植成手指，但這也是一條無比艱難的路。

而那個大男孩今年才十七歲，剛工作不滿一個月。

上將

「那純粹是另一種玫瑰／自火焰中誕生／在蕎麥田裡他們遇見最大的會戰／而他的一條腿訣別於一九四三年／／他曾經聽到過歷史和笑／／甚麼是不朽呢／咳嗽藥刮臉刀上月房租如此等等／而在妻的縫紉機的零星戰鬥下／他覺得唯一能俘虜他的／便是太陽」

——瘂弦〈上校〉

我正打著病歷，一位護理師走過來通知我，「Intern（實習）醫師，10C的病人又自拔鼻胃管了，等下你去幫他重放喔。」我正忙著，頭也不抬地答應了。她繼續走過來，在我面前放了一張紙，說：「這是白班實習醫師要轉交給你的，你放鼻胃管之前先看一下。」

紙上標題是：幫10C五星上將放鼻胃管前必看。我停止打到一半的病歷，開始感到趣味地研究那張紙。

那床病人是一位已經八十幾歲的榮民阿公，因糖尿病截肢過，現在放著鼻胃管灌食。白班照顧他的實習醫師寫說，他雖然很老了，且有中風，但是只要有人想要幫他放鼻胃管，必定極力反抗，而且力量還不小。唯一接近他的方法是進門先立正敬禮，大聲喊說：「將軍好！」等他滿意之後，跟他一陣往事瞎扯淡放鬆戒心；之後再攻其不備，眾人一哄而上捉住他的手腳，在混亂中把鼻胃管放進去。

他的家人跟我們說，上將是那種老派的軍人，個性很固執，堅持不要的絕對會堅持到底；但是拜託我們為了他好，鼻胃管該放的還是要放。

放鼻胃管是最基礎的幾項醫療處置之一，只要無法進食、或吞嚥困難的病人都必須放鼻胃管。一條軟軟的管子，從鼻孔伸入胃袋，靠的全憑放置者一股巧勁，以及病人必須配合努力地吞、吞，打開閉鎖的咽部，讓管子順著吞嚥的肌肉動作滑進胃裡。因此，遇到昏迷無法配合的病人，放鼻胃管的難度倍增；而那種抵死抗拒鼻胃管入侵的，則更是所有實習醫師的噩夢了。

於是我在所有事情做完之後，特地把所有該用的手套、潤滑凝膠、膠帶等全放進醫師袍的口袋裡，再找了一位護理師助陣，才如臨大敵地進去那間病房。

C床位在病房的深處，我一進門就看到上將躺在白色的病床上。他薄薄的棉被底下的身形很瘦很小，原本左腿的地方空空蕩蕩。

他還沒睡，眼睛睜得大大地，戒備著看著我們走到床前。我跟他行了個舉手禮說：「將軍好！」他態度軟化了一些，從棉被裡伸出一隻手來回禮，「好、好……」真的像一個站在閱兵台上的將軍。

沒有人知道他是不是真的上將；接近九十歲的他，時間在臉上開鑿出戰壕與鐵絲網，雖然被疾病奪去了一隻腳，坐在病床上，依然有種坐鎮指揮部的威嚴，看著年紀只夠當他孫子、孫女的醫護人員前來請安。

「將軍您好，您是哪個軍團的將軍啊？」我一邊瞎扯拖延時間，一邊把鼻胃管的封套拆開。

「我之前跟日本人打過，後來跟著蔣總統在徐州打仗，然後又去四川，然後……那時候多風光啊，我手下有一整個軍團，他們都叫我將軍，聽我指揮。」聽他在講，眼神看著遠方，好像又回到那個英姿煥發的年紀，司令台底下一排一排軍人整齊地行舉手禮，蔣委員長還在世，前方還有很多明天等待攻占，彷彿日本鬼子與共匪都不再可怕了。

「是是是……那將軍您打仗的時候要怎麼做好補給？」趁他陷入回憶的時候，護理師在旁把他的手綁上約束帶，而我套好手套，管子的尖端擠上潤滑膠。

「等等，你們想要幹麼？」他開始察覺狀況不對，使勁揮著手臂，但綁死在床欄上的約束帶文風不動。

「將軍，我們要幫您建立後方補給線，不然您沒辦法吃東西這樣會打敗仗的。」一邊說著，一邊把鼻胃管湊到他面前。

「不！！！」他奮力地把頭往後仰，幾乎要掉出病床外了，整個身體不斷扭動，像俘虜拚死抵抗著敵方特務的刑求。「你們竟然敢對將軍不敬，我是將軍！我要把你們全部抓起來，讓蔣總統砍頭！」我奮力地壓在那如颱風天海面上下翻滾的身體上，拿著鼻胃管，追蹤著鼻孔的去向。他僅剩的那隻腳在空中狂踹，隔壁床的病人唰地把床簾拉上。

終於，護理師繞到後方固定住上將的頭，而我從正面逼近。管子塞進鼻孔那瞬間，我看到上將因極力抗拒而皺起來的臉上流下了兩行眼淚，那些皺紋又變得更深刻了。有些敏感的病人會這樣的，因為刺激了鼻腔黏膜的緣故。然而我不知道上將除了黏膜的刺激以外，是否還有不甘心、屈辱，以及對時間流逝無言的抗議？

鼻胃管順利放入，我把管子用膠帶固定在上將鼻子上，小心避開他憤恨的眼神，彷彿軍刀。我有預感，他之後一定會用盡一切辦法，把那根侵略者的部隊驅逐出境的。

果不其然，午夜的時候，護理站通知我上將又掙脫了約束帶，把鼻胃管拔掉了。因此我必須隔天清晨在早餐時間以前，把鼻胃管再放回去。

清晨五點半，我又一次來到上將的床前；上將警覺地醒了，這次沒有護理師陪著我，只剩我跟他在昏暗的病房裡面對峙著。我手裡拿著鼻胃管，柔聲跟他說：「上將，對不起，我知道你很不舒服，不過我還是必須幫你放鼻胃管，不然你沒辦法吃東西。要是再把它拔出來，又要重放一次，這樣你會更不舒服的。」或許是經過昨天晚上的折騰，又或許真的聽懂了，他變得沉默，一動也不動，把那根伸進鼻腔裡的鼻胃管一口一口吞了進去。

他打過許多場勝仗，但面對時間的大軍壓境，是一點辦法也沒有的；一條腿從戰場上走了回來，但在手術台上離他而去。他被俘虜進日益殘破的身體，屬於他的領地逐漸失守，但旺盛的鬥志卻依然固守著最後的疆土，不准他人入侵。

值班結束後，我換回便服，再次去上將的病房探望。此時上將已經灌完早餐，安靜地睡著了，鼻胃管安穩地掛在耳朵旁邊；他歷經各種戰鬥之後的身體縮得小小的，裹在棉被裡。

今天是週六，值班結束就是連續兩天的假期了；早晨八點，週末的陽光灑進來，太陽的熱度全被隔離在玻璃之外，留下來的只剩亮光。已經沒有戰爭了，病房裡一片和平景象。

阿靖的病房午後

神經內科第一天查房的時候，我就注意到了他。平頭理得整整齊齊，神情安詳，像只是在午睡。其他神經內科常見的中風病人大多已經七老八十，或因臥床數年而骨瘦如柴；跟他們比起來，他顯得年輕，有著光滑皮膚與飽滿的面頰，好像偶爾一些因為急性腦膜炎住進來的年輕病人，過幾天就能康復出院一樣。

查完房之後，首先是點開電腦研究一下每個病人的病歷，熟悉他們的狀況；那些陌生的名字並排躺在電腦螢幕上，無有臉孔與個性，只能用掛在後面的各種診斷猜想他們的命運。但是其中一個名字點下去之後，電腦當機了。

那是阿靖。因為他有十年份，每天每天忠實記錄著的病歷，那些純文字檔累積成讀取時會讓電腦當機好一陣子的龐大資料庫。瀏覽那些紀錄，可以看到每年年輕醫師們來來去去的痕跡；有些在醫院已經頗有名望的主治醫師，在這時光膠囊般的

資料庫裡，還是以住院醫師的身分留下照顧過他的紀錄。

主治醫師說，阿靖是一樁可怕的醫療悲劇。十年前一個麻醉的意外，讓原本無傷大雅的小手術，變成病歷上那觸目驚心的診斷。缺氧性腦病變。

植物人。

病房裡的醫護人員對他已經很熟悉了。年輕的護理師們稱他為「靖哥哥」，偶爾在討論室午餐的時候，會開他一些無傷大雅的玩笑。但是她們基本上對這位長期住客是有著一份特殊的責任，甚至感情的。因為他只會聽，不會說，更不會像其他病人有時候對護理人員大呼小叫。只是偶爾抽痰的時候會激烈咳嗽，咳到全身弓起顫抖、滿臉通紅，然後又恢復原本安詳的沉睡。

阿靖身上沒有任何褥瘡，也沒有營養不良的徵象。那是因為十年來照顧過他的護理人員每個小時幫他翻身、每天洗澡與灌食的功勞。晚上替他在床上擦澡的時候，可以聽到那個黑黑的病房裡，護理師對著他自言自語：「阿靖，你今天心情不好喲，怎麼一直放屁？」「阿靖，你的皮膚怎麼會比我好？而且你肚子又變大嘍。」

住院醫師說，他因為長期臥床，在一開始的幾年裡面不斷地反覆感染。那時候沒有人認為他能撐得過去。但是他終究是活下來了，彷彿與醫院裡眾多的抗藥性細菌種達成某種和平協議，奇蹟似地將身體愈養愈胖。

據說他的妻子是有來過的，但是我從來沒有遇見過她。護理師們說，她總是像影子般在傍晚病房最忙碌的時候，輕輕走過人來人往的護理站，站在他床前凝視片刻（她那正值壯年，卻因為一樁意外而只剩一具麻布袋般癱軟肉身的丈夫啊），然後在沒有人發覺的情況下又靜靜地離開。

一批又一批的護理師離職，新來的護理師學著幫他擦澡、翻身，跟他說著不同的悄悄話。

一批又一批的年輕醫師輪訓來此，處理完他的感染或便祕問題，在病歷上留下記載，然後又轉任別處。

午後陽光從病房的窗戶照了進來，落在阿靖的床前，許久許久都不曾改變角度。阿靖鼻息沉沉，外界一切發生的事都與他無關。其他的病患與醫護人員來來去去，阿靖繼續睡著，肉身彷彿歲月的容器，裝載了病房裡的日夜輪替；他的病房成為這個醫院裡，時間唯一靜止的角落。

拍痰

來咳！用力咳！

接著是一連串急促的拍背聲。砰砰砰砰，砰砰砰砰。只開床頭小燈的病房內傳出規律而響亮的鼓點，在左肺拍完之後節奏稍歇，中間插入一小段翻身時布料摩擦床單的即興演奏，然後鼓聲趕上兩步，重新搶回主旋律。

砰砰砰砰，咳咳，砰砰砰砰，咳——咳咳。拍痰聲與偶爾虛弱的咳嗽此起彼落，這是病房內常見的音樂會，像是部落祈神時的舞蹈，在火堆旁擊打胸膛，最原始的肢體碰撞，希望透過靈魂與肉體的撞擊，能夠逼出體內帶來厄運與災禍的鬼神。那些隱晦黏稠、散發著惡臭的，痰。

拍痰是臥床病人長期照護的重點之一。死水般的分泌物窩居在幽暗的細支氣管內，日日夜夜蔓結蛛網，在病人的胸腔中形成聚落，張牙舞爪地伸出觸手往外擴展。堆積的痰液又常是細菌的溫床，日久如滋生蚊蟲的池水，在X光片星空般的底色下爆出片片斑斕的肺炎之花。

拍痰原多是看照的家屬輪班完成的，而許多人與其被打亂整個家族的生活步調，寧可找醫師開紙證明請個外籍看護代勞。也因此在醫院日日查房，可以看到除了病情進程之外的人情進展；從一開始擠滿張揚的水果花籃與噓寒問暖（但根本只有婚喪喜慶才會見面）的遠房親戚，幾個禮拜後只剩媳婦、女兒相陪，到最後連家屬都很少出現了，留了一個外籍看護。

每一個病弱的老人，幾乎身旁都有一位黝黑的外籍看護。大眼、微胖，略捲的黑髮。我總是無法區分她們到底來自菲律賓、印尼，還是其他東南亞國家，只知道她們大多羞怯而細心，總是把身形藏在陰影裡，彷彿她們只是病房中一抹淡淡的異國香水，沒有實質地位。而早起查房時會遇到的人卻總是她們。主治醫師拉開簾子，讓一聲爽朗的早安與晨間淡淡的陽光一股腦倒進病榻上，會問正睡眼惺忪從一旁陪客椅上掙扎著爬起來的她們說：阿公昨天吃得怎麼樣啊？有沒有帶他們出去走走？

除此之外她們很少說話，一部分是因為中文還不太好，另外也是她們總被定位為家屬與醫師之間，像答錄機或接線生之類，常被人忽視的存在。醫師要解釋病情的時候，她會慌亂地打開她在附近夜市買的仿名牌小提包，拿出貼了水鑽貼紙的廉價手機，小小聲地用不流暢的中文打給她的老闆，然後將手機交給醫師。

在某些晴朗的黃昏，醫院外的湖邊常常聚集著還能坐輪椅出來的老人。在這治療都已結束，卻還不必急著回病房的時刻，常常可以看到湖畔輪椅排排坐晒太陽，上面癱著面無表情的病人，像是晴天時從櫥櫃深處拖出來晾的冬天厚棉被，散發著霉味與濕氣；他們身後母親般的外籍看護則把握一天中難得的悠閒時光，與同鄉用流暢的母語談笑，完全不似在病房時的那種緊張羞怯。

偶爾下班時經過湖邊，黃昏金黃色的靜謐時光，老人們吊著點滴，或插鼻胃管，或做氣切，在湖畔的微風裡彷彿一排陽台上安靜晒太陽的盆栽。他們的看護就站在身後聊天，陽光斜斜打在她們臉上，深邃五官映出堅毅的影子；而她們臉上線條和緩，這是一天之中，難得不用拍痰、灌食或更換尿布的悠閒時光。

她們喉中也卡著痰。她們遠渡異國，含著那塊濃痰，口音混濁地學習陌生的語言，手忙腳亂做醫師與家屬之間的橋梁；每天在醫院裡替另一個痰聲隆隆的老人拍背，過著呼吸少少新鮮空氣的生活。

卻沒有人想要幫她們化痰。

在這間醫學知識建構出來無比繁複的醫院裡，病床旁邊的醫師與家屬來去匆匆，留下床上的病人與他們的外籍看護，默默地在剩餘的緩慢時光中拍痰。比起醫護人員，只會拍痰的她們懂得最少，卻也懂得最多。

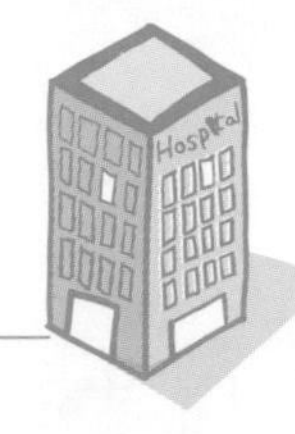

安慰劑效應

所謂安慰劑（placebo），其實只是由一般無療效的澱粉、生理食鹽水，或是其他以假亂真的東西偽裝而成的藥劑，目的就是讓病人以為他吃下去或打進血管裡的，是真的有效的藥物。即使如此，安慰劑搞不好是臨床研究裡最重要的一種藥物了。幾乎所有的醫學研究，最終的目的就是要證實我們的治療其實比什麼都不做的安慰劑好得多。

而安慰劑效應，就是那些使用了安慰劑的病人，竟真的好轉了起來。對於這種現象，有人說是神蹟，有人說是心理與生理的交互作用。已經有許多研究在探討安慰劑效應；或許是所謂心誠則靈，安慰劑已經被證實的確對於某些主觀症狀（如疼痛等）有臨床上的效果，甚至假手術與真手術有著同樣程度的術後改善。這些結果無疑狠狠賞了現代醫學一巴掌。原來我們平日自吹自捧，那些掛滿勳章般堆砌著研究數據與統計意義的藥丸子，有時候竟然與澱粉或食鹽水差不多嗎？真是令人洩氣。

一般外科常有久住的老病人，大多因為胰臟或膽道系統發炎而長期滯留在醫院。今天值班才剛開始，就遇到有病人喊痛要打止痛針。去看了看他，被病痛折磨得只剩皮包骨的中年男子，一臉哀哀切切，看起來真是痛得厲害。確定生命徵象穩定及排除腹部急症之後，他皺著眉頭要求我再打上一次的那種止痛針，很有效！

上次那種止痛針？我回到護理站翻了一下昨天值班的病歷，值班醫師只打了一針維他命C；再往前翻，前天也是，大前天也是……護理師看到我杵在當地，忍不住插了嘴說：「這個病人哦，你開一支安慰劑給他就好了啦。」

我半信半疑地照開了一支維他命C回來，過了半個小時，再去看看病人的狀況。「好很多了！你們的藥很有效，謝謝！」看他整個人幸福地躺在床上，像被上帝之手觸碰過，一切病痛都已淨化消失。

我想這個病人大概一直都不會知道他在住院過程中，其實打了很多支的維他命C吧；或許他將來還會逢人便說那種一打下去，什麼症狀都解決的神奇針劑。然而這樣算欺騙嗎？或許是；但是在面對真的止痛針長期使用可能會引起後續的副作用，甚至久用成癮等問題時，我寧可病人用維他命C就能解決症狀。

值班時遇到的許多無傷大雅小病痛，裡頭到底有多少其實是安慰劑幫我們解決

的呢？不知有多少時候，說不定病人需要的只是有個穿著白袍的人來到病床前，為他聽診、摸摸肚子，然後確定地說一聲：「啊沒問題啦，休息一下就會好。」

我想，身上的這件白袍或許是最強的安慰劑了。穿起白袍，整個由現代實證科學所架構出來的醫學巨人龐然站在我背後，看起來既全知又無所不能。然而我心裡知道，在面對生命死滅的自然法則時，我們是既貧乏且幼稚的。常常在面對著未知的疾病與黑暗，所能用的治療都已經彈盡援絕的時候，我寧可轉過身來，求助於這種冥冥之中的心靈力量。至少，至少提供最後一點安慰劑效應。

婚禮

我背著背包來到值班樓層，卻發現整個護理站忙進忙出，有人在平常開會用的長桌上架設投影機，有人在牆壁上用雙面膠貼上紙彩帶（那種小學時用來布置生日會場的便宜貨）。現在剛好是下午五點多，白班差不多忙完準備下班，小夜班的護理師與值班醫師還沒有很多事要做的時刻，因此人力充足，連別層樓剛下班的醫學生們都跑下來湊熱鬧。

「今天發生什麼事啊，怎麼這麼多人？」好不容易逮到了一個當科的實習醫師，我趕緊發問。

「聽說有病人的家屬要結婚了，她們在幫忙布置。」

「結婚？怎麼會有人要在醫院結婚啊？」

「不知道，我也是聽別人說的。或許有什麼特殊的理由吧。」

「借過借過，蛋糕要來了！」醫院樓下麵包店的店員推著一個大蛋糕進到討論室，我趕緊閃邊，讓出門口給那個平常用來推厚重病歷的推車通過。護理長提了一袋拉炮在人群中穿梭，不管是醫學生或護理師，每個人手上都發到了一個；如同真正的婚禮會場那樣，投影機放出新人交往過程的溫馨照片回顧，蛋糕擺在桌上，燈光也暗了下來。

人愈來愈多，只是遲遲不見新郎、新娘的影子。

外面又一陣騷動，人潮紛紛往外撤出。護理師推著一張病床過來，床上躺了一個吊點滴、戴著氧氣面罩的老人。我看到那老人的第一印象，像是博物館裡的木乃伊一樣，有著葡萄乾般的皺臉，與棉被底下縮得很小的身軀。病房用的電動床艱難地轉彎，擠進原本就不大的討論室，裡面幾乎沒有其他空間了；這樣的病床應該推去做電腦斷層或什麼其他的檢查，而不常被推進討論室的。

忽然最外圍響起了掌聲，新郎牽著白色婚紗的新娘，撥開人群走了進來。病房主任與科主任都到了，一位胖胖的主治醫師充當證婚人，護理長做司儀，此時有人用筆電接上音響，放起了結婚進行曲。

雖然新郎、新娘都穿著正式的禮服，但場面還是說不出的怪。不只是因為討論室太小又太擠了，而且這場婚禮的來賓都穿著工作用的白衣，脖子上掛著聽診器；

洗手台旁突兀地放置了碘酒洗手器，投影布幕後方的白板上，還寫著今天晨會的教學內容。

旁邊一位護理師小聲告訴我，那個躺在病床上的老人是腫瘤科的病人，已經到末期了，最大的願望是看到女兒出嫁；但是身體狀況又不適合離開醫院，主治醫師提議說，乾脆我們在病房自己舉辦婚禮好了。

負責證婚的主治醫師是一個平常嚴肅的中年人，此刻還是穿著白長袍，好像才剛結束門診匆忙趕過來，拿起麥克風看著小抄唸：「你願意娶她為妻嗎？今生今世不管任何時候，都願意愛她、照顧她？」他結結巴巴，像被拱上台的小學生，臉上擠出的微笑有些彆扭；或許腫瘤科主治醫師口中宣布的，絕大多數都是壞消息，不太習慣這個喜氣洋洋的場合，擔任給人祝福的職位。

新郎小聲但堅定地說：「是的，我願意。」全場歡聲雷動。新郎從口袋裡拿出結婚戒指，套在新娘的無名指上。

拉炮聲在討論室裡響起。忽略其他不合時宜的擺設，黑暗的背景中瀰漫著白色煙霧，幸福的彩帶紛飛，新郎在眾人的起鬨中淺淺地吻了新娘，的確像極了在禮堂舉辦的真正婚禮。我偷偷觀察那個因為戴著氧氣罩而全程一言未發的老人，似乎在這個時候眼睛裡閃過一絲特殊的光芒，那或許是安心、高興，又更多是不捨的神

情，像黑夜完全籠罩大地之前最後的魔幻晚霞，那種將雲朵與天空渲染成橘色的短暫光瀑，一閃即逝。

產房

時隔半年，又回到這家濱海的醫院。這次我提著行李，站在產房的門前；刷過識別證，自動門嗡的一聲開了，裡頭冷冷清清，此時的產房連一個待產的孕婦都沒有。產房就是這樣，在這種「生意清淡」的區域醫院裡，一切都有如俄羅斯輪盤：假如運氣好，今晚沒病人，那就可以享受一個好眠的平安夜；但也有可能一晚進了三個產婦，這時毫無意外就要通宵生產報國了。

而今天肯定算是運氣比較差的。日頭剛落，產房就生意興隆，一口氣進了兩個孕婦，一個待產，一個安胎；依照產程進展的狀況來看，待產的那位應該會在半夜生產。處理完病房的雜務，學長叫我假如睡得著就先去睡，畢竟接下來很需要體力度過這漫漫長夜。

才睡沒兩個小時，放在床頭的手機鈴聲響起。原來禍不單行，底下急診又上來

了一個待產的孕婦；電子病歷還沒點開，看起來很年輕的孕婦就已躺在床上被推進來，後面跟著一臉慌亂的中年媽媽，手中大包小包提著匆促整理的行李，典型緊急住院的場景。

值班護理師安頓完病人，回到護理站小聲地跟我說：「怎麼辦？她還未成年欸，要找誰簽同意書？」

我嚇了一跳，仔細看完病歷，雖然病人看起來的確很年輕，但是怎麼也沒想到她才十七歲。或許是挺著三十八週的大肚子，無論多麼花樣年華的少女，整個人看起來就是一位辛苦的母親；再高貴的女神，此刻也只能貶為狼狽的凡人。

我回頭問護理師，「她不能簽同意書，那她媽媽應該可以簽吧？」

「不行，那個不是她媽媽，是她男朋友的姑媽。而且樓下的櫃檯打電話上來說，她沒有健保身分。」這簡直是鄉土連續劇的橋段。原來女生還在讀高中，目前住在大她五、六歲的男朋友家，男朋友正在趕來的路上，就由最近的親戚先送醫院，但是女方的家屬卻遲遲沒有聯絡到。

午夜，在另一床孕婦順利分娩之後，她的父母與男朋友才紛紛趕至；父母提著行李一臉焦急，男朋友是個追風少年，拎著全罩式安全帽在旁愣愣站著，似乎想說些什麼卻插不上嘴。兩家人在這種場合相見很尷尬，無法忽略彼此又不知該怎樣開啟對話，只好不斷把話題在各種三姑六婆的生產經驗上打轉。

半夜四點多，她的產程終於臨至分娩；我的工作是在主治醫師出現之前，快步到產房的手術室內把所有的包布與器械準備好。此時產房內乾乾淨淨，只有手術燈照耀下房間正中央的產台，與如荷葉盛開的綠色布單；孕婦隨後就被推了進來，艱難萬分地從推床移到產台上。

主治醫師進來之前的那段空檔，刀房內只剩下孕婦艱難的呼吸，偶爾的呻吟與生命監測儀滴、滴、滴規律的聲響交纏迴盪，反而襯托出四周靜得詭異，莊嚴的氣氛等待著凝聚著，幾乎要滴出了水。孕婦此刻如古老部族裡的大母神像圖騰，坐鎮整個神殿中央；而那些安靜的器械，則猶如各種法器，在手術燈下閃著金屬的光輝，彷彿在施以足夠的法力之後，足以召喚神祇。

門推開，主治醫師進來後迅速著裝，進行最後一次檢查；確認胎頭位置，用針筒在皮下注入局部麻醉之後，拿起剪刀，一刀俐落地剪開會陰。

剎那，鮮血迸出，想像中背景出現原住民咚咚咚的鼓聲，原始的儀式開始。主治醫師起落的手勢如舞步，伴隨著產婦狂亂的尖叫、一旁護理師依節奏交替下達著吸氣與用力的指令，主治醫師聚精會神地用手托住嬰兒毛髮稀少的頭部，開始慢慢旋轉。血繼續流，滴到綠色的布單上，匯聚成一汪黑色的濕印；有些最早流出的血

液已經開始凝固，變成暗紅的膠狀物懸吊其上。

課本告訴我們，胚胎與癌細胞有某種程度的相似性。兩者均停留在尚未分化的混沌狀態，快速增長的細胞伸出觸手嵌入體內血肉，大口吸取養分。它們都能召喚正常的血管增生，並轉型為容易供給養料的型態；也都會干擾免疫反應，讓一個外來者得以躲過人體防衛系統的層層巡邏，在體內攻城掠地，如入無人之境。

而它們或許都是自私的。癌細胞貪婪地占據了人體器官，最後造成宿主死亡；而呱呱墜地的胎兒則從此牽動著母親每一根神經，在往後的生命中享受源源不絕的愛。

有人說生命的奧祕源於懷胎，破解懷孕的密碼就能掌握生之神最強大的權柄，進而解開關於幹細胞、癌症等棘手問題，獲得與死神抗衡的力量。然而，懷孕過程至今仍是全世界最頂尖的科學家不得其解的一個謎；但不管謎底多麼高深難測，人類早已一代一代地繁衍至今，並將繼續接力繁衍下去。

主治醫師一扭、一拉，新生兒雙肩分別娩出，接下來整個身體伴隨殘餘的羊水，滑進主治醫師掌中；皺著一張臉的嬰兒在吸去口中羊水後，恢復紅潤，發出宏亮的哭聲。旁邊護理師將他用布包好，抱給早已聲嘶力竭的母親看；她汗水猶黏髮絲的臉上，一瞬間散發出溫柔的光芒。狂暴的降靈儀式結束，前一刻還鮮血與羊水四濺的產房裡一切靜好；即使沒有先知前來祝福，在每個聖母眼中，那剛從體內分離、彷彿剛剛發生的一切事不關己而正安心地呼呼大睡的小獸，似乎都是她們世界裡的救世主。

少女渾身虛脫被推回觀察區時，剛出生的寶寶包在粉色毛巾內，依在他母親的枕邊，兩群家屬不約而同焦急地圍過去關心。此時那些家庭糾紛都留待以後再說了，這個平安夜是不適於有任何爭吵的。

後面有人拍拍我的肩，是一起值班的學長，那雙手不知承接了多少新生命的重量而如此厚實。「學弟，這樣的生活在婦產科是常態啊！今天晚上辛苦了，走，請你吃早餐。」

安胎的病人吊著點滴熟睡著，遠處的天空在不知不覺間已經大亮，又是新的一天。

過了幾天，在嬰兒室前的走廊上，看到一個穿著類似高中班服的女孩了。一瞬間我以為那是某個護專實習生，但是看到她衣服下仍穿著產科病人的連身裙，才知道那是我前幾天接到的那位產婦。生產過後，寬大的衣服下又回復了纖細的腰身，

此刻她看起來跟那些同年齡的高中女生沒什麼兩樣。

她恢復得很快，趿著一雙毛茸茸的可愛拖鞋在走廊上閒晃，大概是正要去探望她的小寶貝。我忽然有一種想脫下口罩、向她致敬的衝動：以十七歲的年紀坦然地擁抱了醫學疼痛分級裡最劇烈的痛，赤裸承接了隨之而來的另一個生命。

未來會怎麼樣呢？各種關於年輕媽媽的負面社會新聞，有點替她擔心未完成的學業、經濟狀況，甚至之後新手媽媽如何同時照顧新生兒與她自己。不過結果應該會是好的吧！我默默祈望著。

畢竟，是在日出時刻出生的嬰兒啊！

包心菜

小兒科的值班表內有一個詭異的排班，與平常顧病房處理病人問題的值班方式大不相同；這是所謂的打藥班，負責整整兩層樓六個區域的新生兒加護病房打針的工作，外加處理隔壁產房「生產線」上送過來的、源源不絕的新生兒病歷。

許多實習醫師對這班深惡痛絕，因為每到晚上六點、九點、十二點、隔天清晨六點需要打藥的時候，都要如媽祖出巡一般繞著兩層樓每個新生兒保溫箱走過一圈，重複地做著「消毒、打針、推藥」的動作；他們寧可在病房絞盡腦汁面對腸胃炎或肺炎之類的險惡疾病，也不想安著計時器做這些機器人舞蹈。

既然每個人都無法避免會排到這班，我則喜歡在抽藥、打針的同時，偷偷觀察那些裹在粉紅色毛巾內的小寶貝。

通常趁六點第一輪打藥開始之前，我會先把嬰兒室裡堆積如山的病歷處理完。

那些病歷都有固定格式，諸如出生週數、體重、幾項常見的疫苗等等；可能性無限的人生被數字簡單歸類，一本一本病歷鐵皮排著隊，冰冷得像罐頭加工廠。然而轉過身，一位護理師正在把剛洗完澡的嬰兒用毛巾包好，彷彿精心包裝一束鮮花，周遭一下陷入粉紅色的花團錦簇，風光旖旎。在這裡可以感受到每層樓的護理單位都有不同個性：外科系做事明快俐落，內科系處理問題則思慮縝密；而或許是每天與出生不到一週的小寶寶們相處，嬰兒室內的護理師們總看起來甜蜜且溫暖，還有種柔柔的母性光輝（即使在後面催著你做事時彷彿也帶著笑意）。

我總趁她們幫嬰兒洗澡時，順便做簡單的理學檢查。剛從產房推出來的小寶貝身上還黏著乾掉的羊水與血跡，護理師備好溫水，用毛巾一掬一掬洗去那些汙垢。這是小嬰兒出生以後第一次接觸到水的感覺與溫度吧？她嚇了一跳，四肢驟縮，又緩緩放鬆，糾結在一起的眉頭逐漸舒展，似乎很享受這種溫度與輕柔的觸碰。不知她會不會回憶起那安靜溫暖的羊水呢？

他們大部分都尚未命名，病歷系統上一律以「某某某之子」、「某某某之女」來區分。雖然他們絕大多數的時間都在睡覺，但偶爾會忽然想到什麼似地醒過來，傷心地哀哭個兩聲後又繼續睡去；即使在睡夢中，精緻的臉龐也會出現不同的表情，彷彿正經歷著各種夢境。新生兒會作怎麼樣的夢呢？夢見羊水的溫度、模糊的震動，或是上輩子的片段？他們又想到了什麼而突然在臉上綻放一朵甜甜的笑意呢？或許我們曾經知道，但卻早已忘記了吧。

樓上的新生兒加護病房又是另外一種風景。住在這裡的大多是早產兒，或是出生後細菌感染的嬰兒；我的工作很簡單，就是幫他們在已建立好的靜脈管路中，注入抗生素或其他藥物。此時，藥物緩緩推入靜脈，閉著眼的他們會忽然抖動一下，不知是否感覺到什麼不屬於體內的東西入侵了呢？

那些二十幾週、在保溫箱裡蜷曲四肢睡著的迷你娃娃，細小的骨架上還沒長肉，不像嬰兒室裡那些養得白白胖胖的小寶寶那麼可愛；閉著眼怯生生，第一印象讓你聯想到童年時曾養過的某些動物的幼雛（那些剛生下未滿一天的小貓、小狗，渾身光溜溜的粉色皮膚，眼睛閉著窩在母親身下吸奶）。他們毛髮稀疏，瞇瞇眼，身上、臉上因皮下組織尚未充盈而掛滿皺紋，彷彿剛出生就已歷經風霜的小老頭。

早產兒在新生兒加護病房一住都會住上很久，這裡治療較像花園裡園丁灌溉著樹苗，運用各種人工餵養方式，總之非得花上數週，甚至數月，把子宮裡該修完的課程補齊後才能離開，因此加護病房的護理師與來探望的家屬常常建立了比別科更深厚的感情；在小寶貝從加護病房期滿「畢業」的時候，護理站都會為他們留下影像紀念，有些家長還會帶禮物請大家同樂，彷彿一家人。這是別的病房所沒有、特別溫馨的時刻。

然而，這裡畢竟是加護病房，總會有難過的事發生。曾經看過那些論年紀還應該在子宮裡的早產兒的急救，那是與一般我們印象中（或是電視、電影中常出現）的急救過程完全不同的場景。

整個過程很安靜，沒有呼喊哭叫，也沒有醫師跳到床上激烈地進行CPR、電擊，一切宛如所有的聲音都被抽掉似的。值班住院醫師站在保溫箱一邊，用兩隻大拇指輕輕地擠壓早產兒的胸口，僅此力道，這是新生兒的心肺復甦術。他們生下來是無聲的，要離開時也無聲無息，輕輕的沒什麼重量，像是一片塵埃飄落地上。

偶爾經過一些花稍的保溫箱，上頭吊掛了海豚、星星或是天使的吊飾；還有些寶寶的眼前立了一本彩繪的圖畫書，大大的眼睛好奇地睜著看。不知道他們看不看得懂？或許是擔心的父母，想要讓他們的寶貝早點接觸外頭與醫學或疾病無關的、多采多姿的世界：那些他們未來離開保溫箱之後，即將進入的世界。時間快轉，十年後，當他們自吵嚷嚷的放學校門口坐上安親班交通車，恍惚看著窗外流動的燈火時，會不會記憶深處閃過一幕加護病房的情景，那些滴滴叫的不同頻率的聲音、那些眼前一片柔和的粉紅色、那些每六或八小時感受一次絲絲冰涼入侵血管的打藥時間？

一輪藥物打完，已近凌晨一點，總算可以回去睡覺了；五個小時之後又要回到這裡，繼續著明天一模一樣的打藥。最後將用過的針筒與棉花棒丟進垃圾桶，自那些相似的保溫箱之間抬起頭，護理師們正三三兩兩在桌前小聲交班，保溫箱裡的嬰兒們安靜睡著。此刻覺得自己身處於一個巨大的農場，而我是剛巡視完菜園的農夫；每一個透明壓克力箱子裡養著一個夢境，一個包在粉紅色毛巾裡的嬰兒，身上連接著各種管線，點點滴滴灌溉著藥物與養分。他們會如包心菜般層層保護，豢養著無止境的愛與關心，在這個由管路與保溫箱建構而出的農場中，緩慢而安靜地成長著。

不存在的孩子

婦產科有一間特殊的開刀房。這間刀房特別大，燈時常暗著，裡頭還有扇門，通往一個小型的實驗室。這是不孕症科取卵專用的開刀房。不像婦癌科或產科那種大開大闔的手術，取卵過程幾乎不見血，是用超音波在體外指引，以一支極細的針冷靜探入腹腔中的卵巢，如用吸管吸珍珠奶茶一般把濾泡內成熟的卵子吸出，封入試管內，馬上交給身後的實驗室進行培養與保存。

一般來說，每次月經週期都有數十個濾泡同時接收到荷爾蒙的神祕訊息，從冰封般的靜止狀態開始成長，但最後大多只有一顆濾泡會真正成熟。在一種整窩雛鳥全力張嘴吱吱哀號討飯吃的競爭中，除了那顆最大，而能競爭到最多荷爾蒙（而因此又長得更大）的濾泡能持續膨脹成巨無霸以外，其他同時加入這個比賽的濾泡，全部都必須退化、消失。

這一切就像大人世界裡一切幽微較量的細胞版本了。卵子濾泡的成長過程活脫是那些女孩們在同一個課堂、同一間辦公室裡勾心鬥角，互相傳遞八卦流言放冷箭，或是結成同盟但轉身又將之毀棄的生存之舞，只為一種飄緲的被重視感，成為「一群同儕之中被選擇的唯一一個」——如此說來，幾億隻精子同時起跑，搖頭擺尾向前衝刺的游泳障礙賽，就顯得有點熱血男性特有的魯鈍耿直了。

但是在不孕症的治療中，為了增加成功率，所有退化的機轉都被藥物消除，每一顆醒來的卵子都能獲得足量的荷爾蒙而成熟至足以受孕。彷彿高科技的溫室農業（這樣形容不由得讓你聯想到開心農場之類澆花施肥、肥壯作物在虛構的田裡招搖的畫面，但這是人工生殖技術中的精華核心，人類以科學之塔堆疊接近類神領域的頂峰），在超音波探頭底下，可見數十個濾泡如珍珠般串在卵巢表面，黑色的背景中，像一個一個小行星。那些作為「人」的前身的細胞，帶著不完全的染色體，孤伶伶漂浮在充滿液體的空間內。那簡直是被母艦放逐，漂浮在宇宙中漫無目的的太空梭，載滿了燃料、氧氣、食物，朝著未知的空間彼端這樣安靜地航行著。

那些原本應該萎縮、消失而不存在這個世界上的卵子濾泡，就這樣在人工的調節下，逃脫自然法則中註定消失的命運，持續長大，被冷凍、儲藏，於未來的某天在試管中受孕，植入母體子宮中。

這些理論上不會誕生的嬰兒，藉由人工生殖技術來到世界上，與其他遵照自然產生的孩子們一樣，無差別地被愛著。他們會知道自己原本的命運是萎縮、消失在腹腔裡，而沒有機會被娩出的嗎？那些原本不應該存在的一切，漫長人生中所有應得的眼淚、笑、陽光與海浪，所有未來的命運，全都濃縮為一個看不見的卵子細胞，裝在試管內；培養液輕輕搖晃，一艘單桅小船，裝載著巨大無比的可能性，正準備出航。

野餐

脊髓側索硬化症，俗稱漸凍人。

這種神經元逐一凋零、讓身體各處肌肉紛紛罷工的險惡疾病，目前醫學仍然無藥可根治。患者可能會先發現日常生活中某些動作無力執行，無力的範圍日漸擴大，最後連呼吸都失去力量；此類病人最後的死因通常是呼吸衰竭，或無法咳痰所造成的肺炎。漸凍人的病程有長有短，長者罹病十數年還有辦法敲著電腦上網，短則只要幾個月就會進展到呼吸衰竭。

林太太，就是其中一個進展猛烈的例子。

短短數個月間，林太太無力的範圍從原本的一邊手指，很快地蔓延到連呼吸肌群也相繼淪陷，呈現輕微的呼吸衰竭症狀。主治醫師私底下跟我們說，這個病程發展快速的程度超乎他行醫以來所見，預後非常不樂觀，並且要求我們這些打雜的小

醫師盡可能不要跟病人解釋病情。

因此，每天探視林太太就成為一樁拆炸彈般的苦差事。偶爾在我小心翼翼地幫她聽診，或是敲敲她肚子看看腸胃機能是不是好一點的時候，她會眼神呆滯地看著窗外，幽幽地說：「唉，為什會這樣……以前身體健健康康都不曾感冒，怎麼一下子就得到這種病……」

這個問題比主治醫師考我漸凍人的各種症狀與診斷方法還難。我只好在她的肚皮上漫無目的移動聽診器，假裝正在仔細聽她的腸音。

林太太與先生開小吃店白手起家，生病以前想必是個健談且受人喜愛的歐巴桑，病房常有一些她的三姑六婆好友前來陪她聊天。今天林太太心情不錯，因為主治醫師幫她申請到一台呼吸機讓她晚上使用，終於能睡一晚好覺，不會再半夜被喘醒了。我敲門進去的時候，幾個沒看過的中年婦女圍繞著林太太聊天，病床上擺了好幾盒切好的水果。柔和的陽光、風，今天的病房沒有疾病與死亡，像極了假日午後一場小小的野餐。

林太太看到我，舉起她還可以動的那隻手，招呼我來吃水果。我有點嚇一跳，忙著說不用了不用了，有點想趕快做完理學檢查，逃離這令人心酸的幸福場景。林太太笑臉吟吟，拿著一盒洗好的葡萄推到我面前，半命令地說：「來啦，拿幾顆去吃啦，沒關係。」

這時候的林太太，看起來就像某個親切的鄰居大嬸，端著一盤別人送的水果挨家挨戶敲門。陽光從側面的玻璃窗照進來，她臉上的線條和緩，呼吸也沒那麼喘了，看不出來體內有個時鐘正在倒數計時。我看著那盒水滴未乾的葡萄，以及林太太的笑臉，不知道為什麼想起每次回家，老媽總是削好超大一盤水果霸道地推到我跟前說：「來吃！你自己在外面一定都沒在吃水果。」

我只好唯唯諾諾地拿了三顆葡萄意思一下，落荒而逃回到護理站的討論室，在角落的水槽旁邊，一個人把葡萄慢慢吃掉。咬下去，葡萄甜甜酸酸的汁液一下子溢滿口中，一種幸福的味道。

我想我之後行醫生涯，應該會常常想起這三顆葡萄的味道，以及這個有陽光的午後，病房裡一場小小的野餐。

臉譜

病房裡陳列著各式各樣的臉譜，像京劇一樣，每個臉譜代表著不同的故事。嘴角猶似有檳榔汁的砂石車司機之臉，殷實小生意人的和氣生財之臉，鬱鬱寡歡失業中年人之臉。每張看似不同的面孔底下，都藏著不為人知的禍胎——癌細胞在陰暗潮濕的口腔中悄悄孵育，像秋天雨後的森林裡，一朵惡意的毒蕈。

這兩週輪訓到耳鼻喉科的頭頸癌組，病房裡最大宗的便是口腔癌病人。每位口腔癌患者病灶雖不相同，病史卻搬演同一套劇本。大約是口腔裡一塊傷口長久沒好，不痛也不紅不腫，沒什麼在意；之後某天洗澡時卻發現頸子上腫了一個小塊，是癌細胞在淋巴結中占地為王。如同其他厄運、車禍與鳥糞，癌症總是突如其來，在一切美好的晴天裡憑空落在身上。

大學四年級時，曾在學校實驗室裡幫忙處理口腔癌的切片標本。那些染色好的玻片放在顯微鏡下，焦距調好，視野裡出現了豔豔的沃土，那是口腔黏膜的地形剖面圖。癌細胞的潰瘍在地表形成火山口，豔紅色的熔岩向下流竄，在血肉的領土上大肆擴張自己的勢力。

不同人的腫瘤，在蠟塊裡靜靜封藏著不同的故事；但顯微鏡下的癌細胞，卻都有著相似的臉。它們比較趨近於生命原始的型態，被激發了，充滿野性，在廣闊的黏膜草原上奔跑、繁殖。它們拒絕依照基因的天命行動，成為堅硬扁平、具保護性的表皮，反而深入軟組織內攻城掠地，建築自己的城寨，據地為王。

然而，有些腫瘤細胞潛意識裡帶有前世的記憶，即使已經癌化，依然像上皮細胞一樣分泌著角質。那些深埋組織內的角質，在染色下形成一串桃紅色的珍珠（角化珠，keratin pearl）。顯微鏡底下那腫瘤切片裡，如錦盒墜地，紅色背景下大大小小的珍珠四散各處。

我所看到的那片玻片，取自一個年輕室內設計師的嘴唇。曾經紅潤柔軟的嘴唇，檳榔汁四溢的嘴唇，潮汐般吻過許多女子與酒杯的嘴唇，咬著濾嘴鑲有金色英文字的洋菸的嘴唇。

帶著腫瘤的嘴唇最終被切下來，與癌細胞一起封在蠟塊裡；所有的故事都失去了聲音，所有來不及說出口的語言，都綁上鉛塊沉進湖底。

照著病歷號，我翻出他的病歷，厚厚一疊，對應著折磨的重量。英文字在病歷紙上排列組合，記載了一個故事：二乘三公分的潰瘍，三個月，有抽菸、喝酒、嚼檳榔的習慣；何時發現病灶，何時做了病理切片、做了全身骨掃描，又何時做了電腦斷層，顯示頸部淋巴結轉移。

那些冷硬的醫學名詞迷宮之間，漸漸浮現出一張年輕、英俊的臉。他沒讀過什麼書，年輕時從學徒開始做起，肯拚，肯幹，終於二十幾歲就有了自己的工作室。他喜歡穿緊身黑T恤，偶爾上健身房，平常喜歡跟朋友或客戶到熱炒店吃一攤，菸與檳榔則是他燃燒黑夜成創作溫度的幫手。拚個幾年，存點錢結婚之後就不用再這麼累了。他洗了臉，看著鏡中黑眼圈的自己，似乎變瘦了；揉揉眼睛，自言自語：「應該是最近太常熬夜，火氣有點大，嘴巴裡的傷口怎麼一直都沒好……」

手術開始。

病人全身被綠色的無菌單埋住了，只露出半張被碘酒染上淡淡顏色的臉，臉上有一些線條，是下刀時的記號。手術刀劃過病人的臉，繃緊的黃色表皮隨著刀痕分開，露出底下白色的皮下組織；鮮血滲出，我手持抽吸器的鐵管緊跟在刀痕之後吸去血跡。幾分鐘之後，病人的臉頰便與其上半部分離開了。接下來氣動鋸鋸開他的下頷骨，我們的目標是要取下大約四分之一的臉。

病人在麻醉下深深睡著，絲毫不知道此刻自己熟悉的面孔正在一點一滴剝落。頭頸部由於解剖結構複雜，充滿了骨頭與大血管，手術時無法像其他腫瘤手術一樣大開大闔，把癌組織一網打盡；而且位於臉上的顯要位置，常常為主刀醫師留下難題。切得少一點，就有癌細胞擴散的風險；切得多一點，整張臉孔就變得支離破碎。

曾經跟過一台非常罕見的刀，病人的癌瘤深埋在鼻竇內。鼻竇是臉底下四通八達的密道，上至額頭，後可延伸至大腦前方。主刀者在他的面孔中央開鑿了一個大洞，將整個左眼，連同眼眶、鼻子，全數切除。我站在手術台旁，看著那取下來的眼睛與鼻子，半張臉，像一塊癱軟的黏土，陳列在綠色的布巾上；眼睛灰濛濛地半開著，依然睜著盯著我瞧，那已死的目光像是要看到心裡深處，告訴我他的悲慘故事。

因為擁有整形外科堅強的後盾，耳鼻喉科醫師可以放膽地開。只要遇到口腔癌的刀，那間刀房整天都要被包下來了。早晨九點左右開始下刀，耳鼻喉科在上面清除腫瘤，整形外科同時在大腿另闢戰場，取厚實的大腿肌做重建的皮瓣。

中午左右，腫瘤已切除完畢。耳鼻喉科醫師留下幾條血管的斷端，給整形外科接血管。下午場是整形外科獨挑大梁，將帶有血管根部的大腿皮瓣接上頭頸部的血流，讓它在異鄉生根，重回血液流域。

從大腿到臉這段距離，雖然短，外科醫師卻已經走了好幾十年。皮瓣重建手術的成敗，絕大部分取決於血管是否接得順利。有時血管彼此接納，那塊蒼白的肉開始出現血色；若是血液流通不順，則必須把線全部拆掉，重來一次。此時已經晚上七、八點，一台刀開十二小時在這裡是稀鬆平常的事。

手術後通常會多觀察一、兩個小時，病人才能自麻醉中醒過來，推出刀房；然後在往後漫長的歲月中，逐漸摸索認識自己的第二張臉，疾病的臉。

研究指出，口腔癌患者同時罹患憂鬱症的比例極高。

這種癌症與喜好奇襲般遠端轉移的肺癌不同，它是穩紮穩打的軍事家，一個淋巴結接著一個淋巴結地攻城掠地，以局部轉移為主。曾有位主治醫師跟我說過，他在醫學生時期曾經下鄉服務，看見因醫學尚未普及而病情拖延許久的口腔癌病人，從此發誓以後哪種死法都可以，就是不要得口腔癌。

他說，他看到那些坐在三合院前的老人，臉頰已被癌細胞吃爛一個大洞，透過那個無言的深井，可直接看進口腔；紗布擋不住黃白的膿液滲出，蒼蠅在一旁飛繞，沒人願意靠近。他日夜看著鏡子裡，自己熟悉的面孔逐步被癌細胞吞噬，由內而外翻轉成另一張癌之臉。偏偏口腔癌的特色是，要是沒有感染或其他併發症的話，這樣的狀況還有許久壽命可活。

在全民健保的時代，這樣的故事似乎少得多了。然而走在醫院裡，依然可以明顯地辨認出那些口腔癌患者。大多數的癌症切除後對外觀幾乎完全不影響，但臉不是。臉是書皮，是封面，唯有翻開它，才能進入內文的主題；但他是一本命運印壞了的雜誌，人們走過他身邊，留下狐疑又恐懼的眼神，低下頭，加快腳步離開。

他默默地把口罩拉上。

那些病人們常安靜地聚集在交通車的等車處，在不同院區的門診之間游牧。面無表情，賴以灌食維生的鼻胃管從鼻孔裡伸出來細細地像一條蛇，往後繞在耳朵上；他們是哀愁的弄蛇人。

然後是他們的臉頰，像是做壞的捏麵人一樣，被塞了一球顏色與周遭不同的突兀麵團。補上去的皮瓣填滿臉上傷口，卻也牽連了兩片嘴唇；從此城門緊閉，困住

了發音與進食。

門診病人大多是手術後回診的老病人，那些皮瓣被時間漸漸抹平，顏色轉淡。但隨之而來是組織自己纖維化收縮的力道，緩慢卻堅決如一副門栓；若缺乏復健，有可能永遠地關上了嘴巴。

之後便是長達數年的抗戰。病人被教導練習張嘴，張嘴，如魚渴望氧氣般，日復一日艱難地張著嘴。若是現在嫌痛不張，之後等組織定形，就再也無法開口了。

無法開口，也無法緊閉；唇角是胚胎發育時，大自然之手的巧思，整形外科再如何出神入化，也無法重建另一個功能完全正常的唇角。

曾經訪談過一位口腔癌的病人，因為術後的纖維化，他無法張口，只能用可以動的那邊的嘴唇，艱難地擠出一個一個字。有些調皮的字，從無法緊閉的嘴角隨著風溜走了，病人遲疑了幾秒，看了我一眼；但我並不特意去追趕它們，假裝我聽得懂。

在訪談過程中，一絲口水離開唇角的縫隙，緩慢地沿著皮瓣的弧度垂下來，在陽光下拖著晶瑩的尾巴。他的妻子隨侍在旁，每隔幾分鐘，就要幫他把口水擦掉。我不知她怎麼重新認識丈夫新的臉孔，或是怎樣在他湯汁、口水滴得到處都是時，學習像照顧他們共有的小孩一樣，照顧他。

每次門診，病人一個一個排著隊，吃力把嘴張到最大，主治醫師拿尺衡量嘴巴張開的距離；二・五公分，三公分，逐一記錄在病歷上。對，很好，今天有比之前進步哦，回去要繼續練習張嘴巴。病人帶著一絲被稱讚的羞怯，訕著臉點點頭。

那是最艱難的一段距離了；許多病人前半生走過了有風雨也有晴天的長路，後半生卻待在家裡，與他們的臉，在公分與公分之間，進行一場無聲的拔河。

精神時光屋

國小的時候，最夯的漫畫不是《海賊王》或《火影忍者》，而是鳥山明的《七龍珠》（是的，偉大的作品，至今還排行在史上最賣座漫畫榜上前幾名）。在裡面有個到現在仍在各種熱血漫畫中如地下莖般綿延發芽的設定：「精神時光屋」。

那是一棟位於天界的神祕空間，在那裡，空氣是地球的四分之一，重力卻是四倍；在精神時光屋裡修行一年，外界只過了一天而已。裡頭只有一個出入口，除此之外別無其他景物，為的是讓主角在裡面專心練功，從那空白的空間中破繭而出之後，功力足以脫胎換骨。

走進復健科，感覺像一不小心踏入了精神時光屋。

我小時候常因為打籃球而手指吃蘿蔔，去看家裡附近的復健科診所。每個禮拜有三天的晚上，大約是放學之後的尖峰時刻，要坐著老媽的機車穿越下班車潮，去那家小診所做物理治療。

復健科診所大多數的客群是一些肩頸腰退化疾病的中老年人（骨刺、椎間盤突出之類的問題），因此給我一種國術館般陳舊昏黃的印象。診間的牆壁貼滿了各種報紙、雜誌剪下的健康專欄，小心地用膠膜包好，但其中好些都發黃、破舊了；內容大多是提醒你注意小孩脊椎側彎，或是吃維骨力對軟骨有幫助之類的衛教廣告。禿頭的醫師坐在診所一角隔出的小房間內，做幾次復健之後就要進去小房間給他再評估一次。他偶爾會出來短暫巡視一下診所裡做著復健的病人，然後又縮回那個小房間內；每次看到他似乎都愈縮愈小，快要像牆壁上貼的舊剪報一樣發黃、消失了。

然後我就被年輕的物理治療師領到其中一張治療桌前坐著；她會從一個大鍋中夾一條熱烘烘的毛巾叫我包著手指熱敷，轉頭又去忙別的病人。十分鐘之後，像忽然想到我似的（但我相信在她團團轉於整個診所一桌一桌的病人之間，應該像人手不足的小吃店裡同時負責切小菜、上菜與結帳的老闆娘那樣，腦子裡精密無比地列

出各種工作清單），把逐漸冷掉的毛巾拿走，用一個有著溫潤觸感的超音波探頭幫我做深層熱敷。

在那些手指不得動彈而茫然等候的時光裡，讓我有充足的機會觀察四周。

診所裡擺滿了那些由各種滑輪、皮帶構成的復健器材，像是科博館裡陳列著「你也可以拉起一百公斤」之類、鋼梁間充滿力學色彩的物理遊樂設施。但是在這裡，每個滑輪組底下吊著一個個老人，像吸鴉片般享受地、面無表情在做拉腰、拉頸子的復健，導致我對於整個場景充滿著煙霧瀰漫的錯誤印象。

在那活蹦亂跳一刻也坐不住的國中、小學時代，居然曾經有這麼幾次沒有任何人搭理我、被逼著什麼也不能做地（因為吃蘿蔔的往往是右手，而無法帶小說來翻），在一群復健的老人之中陷入一種混沌催眠般軟綿綿的無聊時光。說也奇怪，許多國中、國小的記憶都被壓縮成面目模糊的集合體，但是至今仍能鮮明地想起那間診所發生的事。透過貼有診所名字的玻璃拉門灑在地上的陽光漸漸變暗，門外十字路口紅燈與綠燈輪流亮起，那些巨大的車流停止又復往前衝；但診所內的時間，彷彿被那些把軀幹向上拉伸的機器給無限延長了，我一邊做著復健，一面腦子裡什麼也不想地看著日光在天際線彼端慢慢消失，然後等著這個城市的街燈逐一亮起。

我一直帶著這個印象來到醫學院，而後來才知道，大醫院裡的復健科與復健科診所有著不同的型態。它可以粗略算是院內骨科與神經內、外科的「下游產業」；那些中風過後、或是車禍等等原因腦部損傷的病人，在經過急性期治療之後穩定下來，但若狀況還沒好到可以出院，大多會被轉來復健科做後續復健。

因此，復健科對實習醫師來說是一個評價極佳的「爽科」；因為病人實在太穩定了，大多不會在半夜裡出什麼亂子，最多是換換尿管、鼻胃管什麼的。每天早上治療的時間到了，那些坐著輪椅、掛著鼻胃管的中風老人，面無表情地像盆栽一樣被看護推去治療室做復健；中午回來吃飯及午睡，接著又是下午按表操課的療程。

病人在這裡住院都是數週甚至上月的，早已習慣日復一日的規律作息，家屬也放心地久久才來一次；醫院的治療似乎與病人形成一種共生共榮分不開的親密關係，病房與隔鄰的復健治療室成為他們日常的領土，散步與社交的後花園。

但是有時病房裡會由神經外科送進來一些車禍開刀的病人；他們大多年輕，但狀況其實比那些中風的七、八十歲老人還差。我曾經接過一個十五歲男生，偷騎機車兜風時發生車禍，開過刀之後還是呈現昏迷狀態。因為病情已經穩定，且需要開始做復健以免關節攣縮，因而轉下來我們復健科。

我看見他時，他被剃了腦外科手術所必需的光頭只長了一點短短的頭髮，縫線疤痕還很鮮明，清秀的眉眼緊閉，有一種趨近中性的陰柔氣質。病床床頭櫃上擺了好大一張同學們送來的祈福卡片，相片中的男生頂著一頭像是日本視覺系藝人的金髮，在同學的簇擁下，燦爛笑著。

而在病房旁的治療室裡，我遇見了同樣是因為車禍而進來做復健的女孩。她的右腳踝粉碎性骨折；骨科醫師把踝關節用釘子釘成一個固定的角度，雖然不再能靈活地上下翻動，但是這是維持足部步行功能的最好辦法。她為了做復健而休學一年，但是主治醫師問起之後有什麼打算，她抬起頭來笑著說：「當然要回去上課啊！我超想念班上同學的。」

四周那些做復健的病人像是機器人舞蹈一樣，反覆上下小樓梯或移動砝碼，日復一日鍛鍊著自己病後虷朽的筋骨。午後的空氣晶晶亮亮，每個人都吃力而緩慢地朝著某一個目標前進著。跌倒了，爬起來，微笑著再來一次。

他們的目標不是變身成超級賽亞人；而可能單純只是能從長久的睡眠中醒過來，或許是再一次跟正常人一樣在大街上散步，又或者是能自己拿湯匙吃飯、自己換穿衣服等瑣碎小事。

為了這些小事，他們在時間如凍結一般漫長的精神時光屋裡，日復一日幾近嚴苛地鍛鍊著自己。

膝蓋

門上紅色號碼燈的數字跳了一次，一個拄著枴杖的胖阿嬤起身，把其中一支枴杖夾在腋下，艱難地推開門，走進診間。

幾乎在短短的幾秒之間，我就能猜到大概又是一個退化性關節炎的病患。體重過重，年老，O形腿，步履蹣跚；半天的骨科門診裡面，大概有一半以上都是這類病人。

關節是時間的容器。關節內的軟骨是最誠實的，過了某一個時間點，它們就從此永遠停止生長，走向衰退。那時間點是二十歲、三十歲，或是四十歲？沒有人能夠給出一個確定的數字。但是過了那之後，膝蓋就有如中世紀的華麗城堡，一夜之間所有穿著晚禮服的賓客離開，主人鎖上城門，城堡裡的燈雖然還亮著，但事實上從那一刻起，已經從內部開始無可抑止地崩壞了。

那些富含水分的軟骨是骨頭之間的襯墊，默默地吸收著雙腳踏出每一步產生的震盪。等到軟骨基質磨損殆盡，而硬骨相互摩擦時，每往前走一步，骨子深處便有著痠痠的感覺，一種隱約的疼痛。負責製造基質的軟骨細胞，成熟之後會不斷往外分泌膠質，充實了軟骨，卻因此將自己困在狹小的空間內。那些軟骨缺乏血管供應，也沒有神經而不會感覺疼痛，長久的耗損中只是不發一語，一點一點萎縮變小，終至消失。

曾經隨國內的醫療團體到山區部落義診，來看診的原住民媽媽們，膝關節大多都嚴重退化，彎成奇特的角度。那些五、六十歲的婦女，許多人的大半輩子都在山間做著粗活，不是在工地當臨時工，就是自己照顧果園；挑著水或肥料，在同樣的路上，來回走著。

她們的膝蓋因此日益磨損，那些曾經支撐過一座高塔的鋼筋水泥，漸漸朝著時光的弧度歪斜了。子女都到城裡工作，不需要出門的時候，她們喜歡待在鐵皮搭建的家屋前，拉張板凳，晒太陽。這時候只有陽光前來探望她們，她們被困在自己的膝蓋裡，哪裡也去不了了；和那些軟骨一樣，用剩餘的時光日復一日等待著，逐漸被磨損、消失。

遷居

整個晚上，雨淅瀝瀝一直在下，一直在下。

我所居住的這個城市邊緣台地一向多風多霧多陰雨，尤其是最近寒流來襲，東北季風帶來豐沛的水氣，往窗外一看，夜晚的燈火像水墨畫一樣暈開了。

不知道為什麼，這總是讓我想到小時候住的舊公寓。人的記憶是從幾歲開始有的呢？是以怎麼樣的形式躲在大腦皮質皺褶的深處呢？至今似乎還是沒有正確解答。但是我對那間公寓的最初印象，是灰色的雨。

灰色的雨，不再潔白開始剝落的油漆，生鏽的鐵窗，黑色一汪一汪的壁癌；幼年不知道幾歲的我被人抱著，在窄仄的長廊上來來回回地走。我仰著頭的視線剛好看得到天花板和牆壁夾出直角處那群壁癌的菌落，尤其是兩面牆與天花板構成的邊陲地帶，黑色的黴菌更是肆無忌憚沿著油漆龜裂處蔓延開來。

我媽每次講到我小時候，必定會嘮嘮叨叨地說我真是個精力過剩的小孩，不管怎麼哄都睡不著；而且有一個很大的壞習慣，就是一放回床上就醒。

會嗎？我在小兒科看到的小孩幾乎無時無刻都在睡覺欸。

真的沒騙你。那時候你超黏我的，只要放回床上就哭，整天抱，抱得手好痠；但是你眼珠還是骨碌骨碌地轉，好像任何有顏色的東西都能夠引起你的興趣。怎麼辦？只好沿著走廊繞圈子，讓你盯著空白的牆壁看總該能睡著了吧。但你不是，你依然很有精神，而且看著看著居然還自己笑了起來。天啊我那時候嚇死了，人家不是說小孩子能看到「另一個世界」的東西嗎？那幾年你爸老是跑業務不在旁邊，家裡只有我一個人，我只好抱著你一邊走，一邊默唸南無觀世音菩薩。

我媽眼睛瞪得好大，我笑笑地聽，欣賞她每次講到這段都會像說鬼故事一樣繪聲繪影的表情。我始終沒有跟她坦承，那些菌落所構成的幾何形狀，在幼時的我眼裡變成了綿延的山脈地圖：深紫色的天空，山坳處濃淡不一的陰影，偶爾可見一團一團墨綠的樹出現在稜線的影子上，再過去有黑色的湖，再過去……

我在這種自得其樂的想像中睡著了。這個長壁癌的舊公寓，就是我最初的世界。

一覺醒來，外面依舊下著雨。

幸好我身處醫院裡，平常上班只要刷個卡，玻璃門開玻璃門關，穿過溫暖明亮的地下街，有著茶葉蛋熱煙與咖啡香氣的便利商店群，搭電梯，就能抵達病房護理站。我通常六點多出門，經過7-11的時候快速瀏覽一下當天報紙的頭條，接著去餐廳區買已經做好擺著、熱騰騰的蛋餅當早餐。已經許久不用帶雨傘了，討厭的冬雨變成一種無害的窗景；在這個龐然如蟻巢延伸的醫院裡來來回回，就算外面大雨冰雹颱風，這裡永遠乾燥溫暖，我們都包裹在純白的安全感之中。

我通常會在七點晨會之前把我的病人先看過一遍，抄完檢查報告，看一下手術排程上今天有誰要開刀。今天第一台刀是子宮肌瘤，開「子宮全切除手術」；養了二十幾年的肌瘤幾乎占滿整個下腹部，大到沒辦法用腹腔鏡開，必須直接開腹。子宮肌瘤是個很討厭的東西，雖然大部分都溫馴地寄居在那沒什麼惡意，但是時常造成經血滴滴答答地流個不停，像冬天一下就半個月那種陰陰的冷雨，揮之不去。

我們家的廁所，偶爾也可以看到這種血流成河的場面。一個月總是有一段時間，廁所裡的垃圾袋會堆滿像是日本太陽旗一樣的棉墊；偶爾還可以看到馬桶邊卡了一圈沖洗不掉的淡淡血跡，像是小時候水彩筆的洗筆水。

後來我媽去婦產科檢查，「你這個子宮肌瘤很大嘍，要不要手術切掉？不然這樣一直失血最後終究會貧血的。」我媽說再考慮一下。

再考慮一下，再等等看。

等什麼呢？老媽你在怕什麼？

醫生搖了搖頭。

等到我終於從高中生物課本上學到月經週期之後的某一天，我爸在晚餐的時候宣布，我們要搬家了。

說是搬家，也只是搬到幾條街之外；但是這次是我媽理想中的透天厝，四層樓，乾淨又明亮。

然而，隨著搬家之後爬樓梯的頻率大增，我媽開始發現她愈來愈容易喘。最後有一天真的受不了，給醫生看，是貧血。於是她開始吃鐵劑，但是還是堅持不開刀。

「等你有一天當醫生再讓你開。」

「怎麼可能啦！我現在才大一欸。」

今年我終於變成實習醫師，我媽總算答應要開刀了。而我也實現她的願望，特別找婦產科的老師情商，手術的時候讓我在一旁旁觀。

今天的第一台刀。

子宮全切除算是婦產科常見的手術，但是推門進去前我還是很緊張，不知道是該面對母親還是面對一個病人。我媽已經麻醉完畢，嘴裡咬著氣管內管躺在手術台上。我走近端詳她的臉，這張從小到大看了又看、愈來愈蒼老的臉，這時在監測儀器的環伺下好像熟悉又好像很陌生；褪去任何脂粉，兩眼輕閉，眉頭舒展，想必是極信任她兒子參與的醫療團隊吧。

第一刀劃下，血珠隨著刀鋒自傷口滲出；接著脂肪被分開，然後是肌肉，是腹膜。掀開腹膜，粉紅色的小腸推推擠擠地想要搶先湧出，又被紗布塞了回去。

然後看到子宮了。像一個肉色的大酪梨，安靜地躺在腹腔底部，主治醫師開始熟練地分離相連的韌帶。

電燒刀劃過去，血肉分開，帶著焦味的煙霧上升，在手術燈下變得稀薄；我站在旁邊看著那個表面光滑的肉球，正在一點一點地從它周遭的血肉之間被剝離開，深深覺得不可思議。二十五年前成長於這個子宮裡的嬰兒，今天站在腹腔之外，手持金屬器械，虎視眈眈準備摘下那個曾經住過的老家。這二十五年來，子宮早已娩出了胎兒，但是那些尚未排除乾淨的、嘮嘮叨叨的掛念與愛憐，卻在子宮裡長成肌瘤，愈養愈大，而且不斷流血。

我忽然覺得我知道為什麼我媽遲遲不開刀了。她的心中，我依然住在她的子宮裡，她的大子宮持續用經血與陣痛哺育了我二十五年，而她始終認為還沒到預產期。

但是這一次，我知道她終於下定了決心。

從恢復室推回病房，我穿著白袍來到床邊，拿出手機秀出子宮的照片給我媽看；她還吊著止痛劑，勉強撐開眼皮對我微笑。

「哇好大一個，難怪感覺肚子那麼重。」她為身體裡居然養著那麼大的肉球二十幾年而感到驚訝，然後想起什麼似地微微笑，從綠色布單下勉強伸出手想要攬我的頭。「不過你也長大了……子宮裝不下，要搬新家了。」

我低下頭讓她能構得到我的脖子，感覺溫熱的手掌在我頸上摩娑；啊，好熟

悉。這一刻我忽然領悟到，我不再是那個整天黏著她抱的嬰兒，也不是那個在她慌亂的懷中氣喘而臉色發白的病弱男孩；我即將畢業，成為真正的醫生，離開她所孕育所保護的這個家，如同二十五年前遷出她溫暖的子宮。

而這次以後，她終於再也不會每個月流血了。

【曾經道別】
最後一夜

距離畢業的時間愈近，面目相仿的日子就過得愈快。值班將兩晝一夜連結成過度漫長的一天，等到離開醫院時，已經是第二天的黃昏了；日子的腳步，似乎又往前跳了一大格。我完全不記得內科是在怎麼樣糊裡糊塗、稀里呼嚕的情況下結束的，一晃眼就到了最後一次值班了。除此之外，整個大內科就像是學生時代拚完整整兩週期末考終於解放之後，狂睡十來小時昏迷中的一個巨大的夢境，頭腦昏昏沉沉，所有印象變得片段，醒來之後開始一層一層剝離，那段徹夜不眠的記憶像泡在牛奶裡的麥芽餅乾一樣逐漸軟化、溶解消失掉。

內科人力吃緊，每個月的值班日必定是規規矩矩撐到上限的三天一班（而不像婦產科、小兒科有時人手充足，一個月可能僅僅七班或八班）。在那些等待著網路

上出現下個月排班表的日子裡，每個人都放下正在打的病歷，擠到電腦前去看；彷彿那是紫微斗數或生辰命盤，有經驗的老手一眼就可以從班表上自己名字下方那列英文字與數字組合，判讀出下個月的運勢吉凶。

軍中有句格言：「沒有爽單位或爛單位，只有爽缺與爛缺。」套在醫院也一樣適用。明明是值同一個病房，有人值起來哀鴻遍野，死傷慘重，有人就能一夜平安到天亮；往往在值班室裡閒聊時總能深刻體會到，這個世界的陽光和雨水從來就不是平均地打在每個人身上。

總是有某些人值班的夜晚，那個護理站就特別的雞犬不寧。這時值班的醫師、護理師們會互相偷偷詢問，是不是誰又不小心吃了鳳梨（旺來）或芒（忙）果；經過多次交叉比對之後，那個如衰神附體的實習醫師名字就會從白板上消失，取而代之成為「林卍卍」、「張卍卍」；或許是盡量低調以免招惹路過的神明注意，又或許「卍卍」平安符的確有效，有些病房真的就這麼安靜了下來。

然而再怎麼樣運氣好的人，也總會有幾次擋也擋不住如洪水猛獸般的狀況。那些值內科班的日子裡，幾乎所有人都曾經有過半小時一通電話的經驗；那種拖著奔波於各種藥單、病歷之間的殘破身軀回到值班室時，即使已從早上七點多一路忙到半夜一、兩點，躺到床上卻再也無法安穩睡著，因為身旁那支手機不定時會響起空襲警報，轟炸早已千瘡百孔的夢境。

那是一種肉體早已癱軟乏力，但精神卻仍然緊繃的狀態；像一根金屬的弦線懸掛在夜空中，稍微一個風吹草動就能發出高亢的聲響。病人又喘了，又胸口痛，或持續發燒；種種凶險的狀況如噩夢般自黑暗裡埋伏狙擊著你。

時間靜靜走著，病人漸漸沉睡，過了一、兩點那種討安眠藥吃的熱門時段了，如果運氣好的話可以在此時稍睡一下。然而，夜裡的病情總是特別危急，往往一通簡短的電話叫ＣＰＲ，沒有任何緩衝時間，從床上跳起身的一瞬間就要腎上腺素飆升，完全恢復清醒。如此反覆下來，天已亮了，我總是拖著一夜沒睡好、如值班服一般髒膩單薄的身軀去吃早餐。清晨地下街的餐廳裡，人漸漸多了起來，是早起的病人們；一些與我一樣疲累到身形透明的值班醫師，滿眼血絲端著早餐，像幽靈一樣飄過其中。

值班完不是結束，而又是一天忙碌工作的開始。

但是這已經是最後一次值班了。

那些沒值班的人早就收拾行李放假去了，剩下那些被排定多留一天的人們繼續堅守著值班室的防線。藏在病房區角落，不起眼的小小值班室是我們的最後堡壘，實習醫師們在此吃便當、打屁，交換著知識與八卦。男生值班室像某些港口的小酒館，門後貼著雜誌附贈的泳裝美女海報，髒亂、嘈雜，是一個純陽剛的地盤。

當然值班室裡沒有酒，通常有的只是不知何年何月喝剩半杯的各種無主飲料，湊在一起倒也像是吧檯上紅紅綠綠的基酒。而這些與我們一起度過好幾個月，而沒人想去主動整理的垃圾，連同那些隨意扔著的換藥用棉花棒、歷史悠久的壓舌板，以及不知為何出現在這裡的拆線包，全部在前一天都被阿嫂清走了。平常聚在這裡一起鬼混的戰友們此刻也消失了，整間值班室冷冷清清，像清晨等待打掃的酒館，或是深夜裡關門維修的遊樂園。

最後一天的男生值班室裡只有兩個實習醫師。我的病房還算風平浪靜，但另一位弟兄則少少看到他回來一次；夜裡手機鈴聲此起彼落，我們接力著彼此的睡眠直到清晨。

陽光漸漸出現在窗口，處理完最後的治療，已經七點多近八點了。一起值班的同學尚未回來，我把筆記型電腦放在桌上，打開裡面的時鐘程式，盯著螢幕上的秒針，自己倒數最後五分鐘。

五……四……三……二……一……秒針走過了八點，跨過那條線時依然沒有停下腳步。這次倒數沒有歡呼，沒有煙火，沒有互道新年快樂；只有我心裡知道，經過了那一個時間點，我已不再是實習醫師了。一年來寸步不離的手機此刻安靜放在桌上，螢幕亮著光，像溫馴的寵物；此後會有好長一段時間，手機不會半夜響起來，叫你去開藥或急救了。

換下值班服，將我攤在桌上的雜物全數掃入背包裡，值班室的門在身後關起，我知道我不會再回到這裡了。臨走前，我特別去各樓層曾經住過的值班室走一圈，它們或許擺設各異，但卻同樣都已人去樓空。我們留下的記憶與氣息都被消除了；一個禮拜之後，新的實習醫師將會進駐在每一間值班室內，熟悉著那些棉被的氣味、透過床簾灑進來的光線，以及經歷著我們所經歷過的各種戰鬥與折磨。永遠都會有不同的人因各種疾病住進醫院，而醫院裡總是有一代代的實習醫師接棒值班；時間在這些值班室內像重複著無止境的迴圈。

但是我就此離開了。走出醫院大門，已經是星期天的早晨，外面灑滿了五月底金色的陽光，行人穿梭在樹影下，腳步輕快，正要趕赴各自的目的地。熟悉的景象，彷彿那些值班過後的假日，看到窗外的陽光代表著一夜折騰終已過去，病房的一切苦痛都可以交給下一班的人接手；有時回寢室火速換個衣服，衝浪板扛著坐上

車就前往海邊，吹著蘭陽平原上來自太平洋的海風，把醫院的一切拋在腦後。陽光的出現代表一個晚上結束，值班所賦予的責任與不知接下來即將發生什麼狀況的憂慮自此終止，我們在新的一天裡，又重獲自由之身。

但是今天陽光似乎特別耀眼，連空氣也感覺格外清新，卻隱約有些以往未曾感覺到的失落；今天以後，所有的實習醫師值班室都將對我關閉，那些徹夜不睡奔波在病床之間、與同學在陰暗狹窄的床沿互相加油打氣的日子已經結束。

從今天起，我不再是實習醫師了。

【舊版後記】關於本書

這是一本關於實習醫師，或嚴格一點的定義，關於「實習醫學生」的書。

再怎麼偉大的醫師，或是不直接照顧病人的二線科醫師，都曾經當過實習醫師。這或許是每個醫學系畢業生難以忘懷的一年；那年我們什麼也不懂，曾經徹夜不睡，與最險惡的病況奮戰，也曾經在二十五、六歲的年紀，一起不小心窺見了某些生命的裂縫與核心。寫這篇後記的現在，我正擔任一般科住院醫師（ＰＧＹ），理論上在各科間流浪的訓練型態應該與實習醫師類似；但我現

在遇到一個休克病患時，腦中只會反射性地出現該如何升壓與鑑別診斷，再也寫不出當時那種初入臨床、對生命或疾病充滿好奇與未知的文字了。

或許有些人覺得書中許多故事匪夷所思如小說，但幾乎都是真實事件。多數是這一年之中的所見所聞，只有在不影響敘事的前提下，對於病人的資訊略做改動；某幾篇的主角雖不是我自己，但也是身邊的同學、師長們發生過的故事。醫院裡生生死死，蓄積了濃烈的情感，而我們只能旁觀，這一切皆如活生生上演的小說，有親情，有奇幻；當然也有莫名其妙被憤怒的家屬夾頭夾臉亂罵一通的經驗，慘烈的場景幾乎可以寫成戰爭小說了。

感謝在本書中出現過的主角們。有些是病人，在我寫這篇文章時可能已經過世了，也有些已康復出院，生命的片段卻都被我擅自截取封印於此書中，不斷播放。也有些是我的師長或學長姊，在臨床上教我許多，而臨床以外也啟發我許多，簡直是普羅米修斯，將火種傳給了赤手空拳的我們。最重要的，是曾經和我一起實習過的實習醫師們，大多是我醫學院七年的同學；或許你們隱身在字裡行間不被看見，如同我們在醫院裡常常被忽略一樣，但其實每個人都是這本書的主角。

這是獻給你們的，長庚M100級的實習醫師們；因為那一年的時光，我們曾經一起經歷過。

附錄

【附錄二】
珍貴無比的……

宇文正（聯合報副刊組主任）

兩年多前一次文學獎的決審會上，特別支持一篇我相當欣賞的作品，標題是〈拍痰〉，描述在醫院擔任看護的外勞與病人的關係。那篇作品，觀察細膩，人物歷歷如繪，文字清爽不雕琢；它且有著更大的隱喻：這些近年來擔負起台灣社會老人、長期臥病者照護工作的外籍看護，她們為病人拍痰，更是為我們這個人際關係疏離，且逐漸趨向高齡的社會「拍痰」。投票結果，〈拍痰〉順利掄元。名單揭曉時，我默默記下這個名字：「阿布」，當時他是長庚大學醫學系六年級的學生。年底，我編選《99年散文選》，毫不遲疑地把這篇文章收了進去。後來他以「阿布」這個筆名繼續書寫，去年大放光芒，拿下多項重要文學獎項，是新生代最受矚目的作家之一。現在，這本散文集《實習醫生的祕密手記》呈現在我的面前，二〇一三剛開年，是我今年收到第一份驚喜的禮物。

疾病的隱喻，從蘇珊・桑塔格以降，許許多多作家以切身經歷書寫，華文作者如西西長篇小說《哀悼乳房》，發人深省；而近年台灣文壇誕生愈來愈多醫生作家，他們原就是學業競爭場域裡的佼佼者，聰明的心智，加上醫學的訓練，近距離逼視生死拔河的臨床體會，對生命的觀照，往往格外深刻獨到。醫療文學，已然成為散文界不可忽視的大宗。但阿布的這批散文，卻不只是加入合唱而已，這本書的獨特之處，在於「實習醫生」的身分，珍貴之處，也在此。

那是來回往返於醫者與病人之間，蝙蝠一般的飛行。實習醫生面對教導他的資深醫師、醫事種種，有著深厚的敬懼；面對病人乃至疾病本身，有著柔軟的同情。

他以「開刀房裡的巫師」形容麻醉師，「麻醉醫師哄我們的靈魂入睡，溫暖我們的體溫，成為我們的呼吸。」他細寫外科醫師的手，「戴著乳膠手套的手起落，像芭蕾舞，經過暗室中摔倒哭泣的一萬次練習之後，終於能在燈光下演出一場完美的天鵝湖。」然而面對搶救失敗的情況，那雙手「離開了手術

台，垂在身側……」那雙強壯操刀的手「此刻看起來是如此無力、衰竭，彷彿整個人一瞬間蒼老了起來。」而這一雙手，教導他親自操刀切除一節糖尿病足腳趾，握著他的手，一步一步，讓刀鋒跨越關節間的溪谷，「那是一隻溫暖而巨大的手掌包覆著我，其上，又有一隻更蒼老的手，再其上，再其上……」這是一個絕對需要親手教導、傳承的「手工業」。在今日動輒批鬥、行諸訴訟的醫病關係裡，這個古老的傳承儀式，讀來竟有種風蕭蕭兮易水寒的悲涼。〈結繩記事〉更寫出一位鞠躬盡瘁醫師的身影，他在手術進行中倒下，一雙在病人體內打結拉穩生命、縫合傷口的手，如今唯一能打的結，是自己的鞋帶。那是生活品質低落、劬劬醫者一生惘惘的威脅啊！

實習醫生面對病人，卻常是手足無措的。一位病況進展猛烈的漸凍人林太太，偶然情緒愉悅的一個假日午後，三姑六婆前來陪伴，病床上野餐一般擺滿水果。病人半命令地要這個前來做理學檢查的大男孩吃水果：「拿幾顆去吃啦，沒關係。」大男孩唯唯諾諾地拿了三顆葡萄，逃回護理站，在角落邊幸福又辛酸地慢慢把三顆葡萄吃掉。這個男孩，面對搶救無效的大二女生，望著她的臉，想像車禍前，她是下了課正要赴約逛街？還是騎著車趕去打工？生活裡合該充滿化妝、打工、期中考的女孩，為什麼以這種破碎的姿態出現在這裡？

他走回更衣室，全身肌肉疼痛不堪，腦海裡瘋轉著的是一個比自己更年輕的生命剛剛那樣倉促忙亂地離開了，而她生命的最後半小時，是這個大她沒幾歲的實習醫師拚了命為她做CPR，以他的手，代替她的心臟……

最使人動容的是〈臨行密密縫〉這一篇，一位肝硬化末期的中年病人，在心律監視器上文風不動之後，醫師走出病房開醫囑與死亡證明，留下他，為初死的大體拔除身上管路，縫合氣切口、放導管的傷口。寂靜的病房，只有他，一一將所有外來的管線拔除，細心縫合一個一個「缺口」，還死者完整的軀體，而想起那一首詩：「臨行密密縫，意恐遲遲歸。」一針一線，是對生命的敬意，溫柔的慈悲。

在寫作的領域，阿布是個新人，見到他時，完全就像那些「熟練的」病人或醫師看待他一般——多麼靦腆的男孩子！他善於譬喻的文字，書寫了實習醫師的專業初體驗，無論將來他的醫術如何精進，這批文字都是珍貴無比的。身為副刊主編，經常勉勵年輕的寫作者「莫忘初衷」，這一句話，用在阿布身上更是雙重的期許、雙重的祝福，無論在醫者的身分，還是作家的角色。

（本文原收錄於二〇一三年版《實習醫生的祕密手記》推薦序）

【附錄二】

讀阿布的醫療散文

陳義芝（作家）

醫生作家譜系，前有賴和、蔣渭水，後有王溢嘉、王浩威、拓拔斯．塔瑪匹瑪（田雅各）等。而今，在這流脈，更增添了一個輝煌的光點，他是長於寫詩亦精於散文的阿布。

醫生作家共同的特色是具有醫學專業背景，人文素養極佳，生命感真切，觀察敏銳而筆下含情。

若干年前，當阿布還是長庚醫學院學生時，曾抽空到臺師大我的「新詩創作」課旁聽。那門課開在晚上，阿布一身匆匆、略顯疲憊神色，但憑著對現代詩的熱情，他謙遜篤實地坐在教室後頭，話不多，每個禮拜卻都有新作，已展露不凡的詩才。

果然這幾年，文學創作豐收，到處都看到他得獎的訊息；去年才出詩集，今年又要出散文集了。我與阿布的因緣不深，但遙遙閱讀、默默看他向前奔跑，確實對他的執著與成績懷有敬意。

主題專一的散文集，如果沒有充實的內容、豐富的情節、多變化的筆法，讀來很容易讓人因類同而失去興趣。年紀輕輕的阿布聚焦身體宇宙，觀測生命，以犀利的思考，竟能寫出三十九篇、篇篇波瀾多變化的作品！

阿布所經歷、凝思的，是大眾最切身求索而不熟悉的領域。由於寫作時仍是實習醫生，尚未決定專科，所以醫院每一科別他都得歷練，外科、內科、眼科、耳鼻喉科，以至於婦兒、復健、燒燙傷……他抓住令人顫慄的話語、心酸的神情，將矛盾難言的感受以劇場般感官呈現；聯想力深邃，象徵表現的筆法增添了體會事件的層次，更使讀者共鳴、感動。例如他以火山口流竄的熔岩描述口腔癌的切片標本，又以錦盒墜地珍珠四散，形容深埋於組織內的角質，說口腔癌病患的臉像做壞的捏麵人……

在人生悲喜、憤怨、光輝、挫折、倦憊的舞台，阿布講述殘酷與無奈，心思細微，文字密度精緻，為新生代作家中拔尖者。〈野餐〉、〈臉譜〉、〈最

後三十分鐘〉、〈上將〉……很多篇令我低回難忘，從而認知了生理的奧祕、靈魂的威脅，卑微、怯懦、倖存或苟活等命題。

（本文原收錄於二〇一三年版《實習醫生的祕密手記》推薦序）

【附錄三】漂浪之後，書寫誕生

——讀阿布《實習醫生的祕密手記》

吳妮民（醫師／作家）

漂浪、游牧，似乎是醫學教育現行制度下，每位醫學生成長的共同宿命。因此，從八〇年代末王溢嘉的《實習醫師手記》、侯文詠的《大醫院小醫師》、黃信恩的《游牧醫師》，乃至於阿布的《實習醫生的祕密手記》，一代又一代的台灣醫師寫作者，無不像經歷一場成年禮般地，將實習時光裡、年輕眼睛所見的一切記錄下來；在醫事文學的寫作譜系中，這彷佛已成一種傳承或傳統。我在兩天內讀完學弟阿布的這本散文集，竟恍然有種迅速又當了一次實習醫師的錯覺。

論起寫作，阿布實已非新手。在《實》書之前，他已有詩集《Déjà vu似

曾相識》（二〇一二，遠景）及也算散文的遊記《絕色絲路・千年風華》（二〇一〇，大旗）出版。而在《實》書裡，或許更可以見到計畫性寫作的脈絡，作者在書中亦自承，這是場有意識的書寫：如同一張實習醫師的年度排程，從麻醉科、眼科、復健科等的「其他專科」（亦即醫界常稱的「小科」）、「外科」、「婦兒科」、「內科」，到從醫學生至醫師之間、自身發生的轉變，這些被劃分好領域的故事，恰似一張醫院導覽地圖，敘事分明、肌理清楚，讀者們很容易便能循著作者引領的路線，與他一同在各科短暫棲留。

但說實話，我曾想過以同行的眼光來看阿布書寫的醫事題材，是否會有些失準？畢竟，我們的共同醫學養成經驗會使同時具備讀者身分的我有種「已經看過毛片」再進場看戲的缺憾。在一般讀者看來過於寫實、血腥或悲涼的情節，其實在我的生命歷程中早已目睹；但卻也因此，我可以注意到更多細微的部分——譬如那些我們共有的記憶——〈臨行密密縫〉裡提到的替過世病人移除管路、將洞口縫合，還病人一具無罣無礙的軀體；或〈針扎〉裡醫護人員不慎被針頭戳刺後的帶原恐懼（是的，我也被針扎過）；又或者，我也曾在急診遇見〈最後三十分鐘〉裡那因車禍而支離破碎、終究無力回天的女孩。我感到熟悉也訝異，原來，即便我與阿布在不同醫學院、不同醫院甚至相隔數年接受養成教育，看到的都是「似曾相識」的場景，人性恆不變，前線永遠有戰事。這使我很容易就產生了共鳴。

我更有興趣的是阿布曾經驗、我卻無緣遇上的事件：〈移植〉所描述的點交眼角膜，在阿布筆下，頗有情報員碰頭的冷趣味，文末描述捐贈器官者的「收割」移植手術，卻是溫暖而悲傷了。和小說《不存在的女兒》名稱有諧趣的〈不存在的孩子〉，則在述說人工生殖故事。其中，阿布將卵子的競爭較量做如此比喻：「這一切就像大人世界裡一切幽微較量的細胞版本了。卵子濾泡的成長過程活脫是那些女孩們在同一個課堂、同一間辦公室裡勾心鬥角，互相傳遞八卦流言放冷箭，或是結成同盟但轉身又將之毀棄的生存之舞，只為一種縹緲的被重視感、成為『一群同儕之中被選擇的唯一一個』──如此說來，幾億隻精子同時起跑，搖頭擺尾向前衝刺的游泳障礙賽，就顯得有點熱血男性特有的魯鈍耿直了。」

這段敘述可充分看出阿布的想像力與活潑的譬喻。曾有文學獎的評審提到，醫事寫作的題材本身即吃香，這我同意，畢竟生死場域太過奧妙、神聖或殘忍，而醫師像是獲得禮物一般，竟擁有窺看的特權，將那些對讀者來說猶如新鮮檸檬片一般酸澀的真實事件，化為極易打動人心的文字；但這並不表示，

由醫事寫作著手，不需練習文字基本功或鍛鍊思考的深度，畢竟，它很容易就流於濫情而讓散文餘韻全消。寫詩也寫散文的阿布，從詩的領域借來想像和比擬，這也使得他的行文，常常存有特別的視角，是其文引人注目的地方。

而這一長串的醫師寫作譜系，會否讓讀者感到雷同或疲憊？我的看法將是：「會」，也或者「不會」。要解決前者，得倚賴寫作者的用功程度——他是否能從前輩使用過的材料間找出無人嘗試的新題？還是相同題目他可寫得更好直接挑戰？後者，則如「生物多樣性」一般，雖同為醫學背景出身，各家散文寫手仍能看出風格差異，類似的體驗，也許會有侯文詠式的幽默、黃信恩式的細膩，或者阿布的浪漫純真版本。在分科極細、隔科如隔山的今日，走往不同科別的醫師也總能看到不一樣的風景，除了阿布目前是未分科的「一般科醫師」外，讀者還有眼科詩人陳克華、精神科詩人鯨向海、內科散文家莊裕安等，且這些前輩在醫學之後，亦都走出了自己不同的書寫道路。「生命自會尋找出路」，聰明的寫作者也是。

我佩服阿布能利用工作餘暇完成一系列的書寫，曾是過來人，我能體會這些寫作時光的珍貴；尤其，他又曾在我們醫界戲稱的「血汗醫院」工作，更顯得這些字句得來不易。他在書末特別提到寫作本書的原因：「……這或許是每個醫學系畢業生難以忘懷的一年；那年我們什麼也不懂，曾經徹夜不睡，與最險惡的病況奮戰，也曾經在二十五、六歲的年紀，一起不小心窺見了某些生命的裂縫與核心。寫這篇後記的現在，我正擔任一般科住院醫師（ＰＧＹ），理論上在各科間流浪的訓練型態應該與實習醫師類似；但我現在遇到一個休克病患時，腦中只會反射性的出現該如何升壓與鑑別診斷，再也寫不出當時那種初入臨床、對生命或疾病充滿好奇與未知的文字了。」這心情，類同當時我重新翻閱學生時代文章的驚訝與感嘆，原來，一開始的我（們）是這樣想的！但那激動，數年後，有些已被遺忘。或許，初心一定會老，無論醫學，寫作，或人生中的其他，但在乎的人必得時時回頭澆灌。恭喜阿布，在他交出了這張象徵著「醫學生生涯」結束及書寫誕生的成績單時；也祝福他，在這一步之後，能更加明白自己日後的方向，並持續走在寫作的道路上。

（本文原收錄於《文訊》雜誌第三三 期，二〇一三年出刊）

國家圖書館預行編目資料

實習醫生的祕密手記／阿布著. --初版. --臺北市：寶瓶文化，2019.7,
面； 公分. --(island；292)
ISBN 978-986-406-160-0 (平裝)

863.55 108009378

Island 292

實習醫生的祕密手記

作者／阿布

發行人／張寶琴
社長兼總編輯／朱亞君
副總編輯／張純玲
主編／丁慧瑋 編輯／林婕伃
美術主編／林慧雯
校對／丁慧瑋・陳佩伶・劉素芬・阿布
營銷部主任／林歆婕 業務專員／林裕翔 企劃專員／李祉萱
財務／莊玉萍
出版者／寶瓶文化事業股份有限公司
地址／台北市110信義區基隆路一段180號8樓
電話／(02)27494988 傳真／(02)27495072
郵政劃撥／19446403 寶瓶文化事業股份有限公司
印刷廠／世和印製企業有限公司
總經銷／大和書報圖書股份有限公司 電話／(02)89902588
地址／新北市新莊區五工五路2號 傳真／(02)22997900
E-mail／aquarius@udngroup.com

著作完成日期／二〇一三年三月
初版一刷日期／二〇一九年七月一日
初版二刷+日期／二〇二四年三月五日

ISBN／978-986-406-160-0
定價／三〇〇元

愛書人卡

感謝您熱心的為我們填寫，
對您的意見，我們會認真的加以參考，
希望寶瓶文化推出的每一本書，都能得到您的肯定與永遠的支持。

系列：Island 292 **書名：實習醫生的祕密手記**

1.姓名：＿＿＿＿＿＿＿＿ 性別：□男 □女

2.生日：＿＿＿年＿＿＿月＿＿＿日

3.教育程度：□大學以上 □大學 □專科 □高中、高職 □高中職以下

4.職業：＿＿＿＿＿＿＿＿

5.聯絡地址：＿＿＿＿＿＿＿＿＿＿＿＿＿＿＿＿

聯絡電話：＿＿＿＿＿＿＿＿ 手機：＿＿＿＿＿＿＿＿

6.E-mail信箱：＿＿＿＿＿＿＿＿＿＿＿＿

□同意 □不同意 免費獲得寶瓶文化叢書訊息

7.購買日期：＿＿年＿＿月＿＿日

8.您得知本書的管道：□報紙／雜誌 □電視／電台 □親友介紹 □逛書店 □網路 □傳單／海報 □廣告 □其他

9.您在哪裡買到本書：□書店，店名＿＿＿＿＿＿ □劃撥 □現場活動 □贈書

□網路購書，網站名稱：＿＿＿＿＿＿ □其他＿＿＿＿＿＿

10.對本書的建議：（請填代號 1.滿意 2.尚可 3.再改進，請提供意見）

內容：＿＿＿＿＿＿＿＿＿＿＿＿

封面：＿＿＿＿＿＿＿＿＿＿＿＿

編排：＿＿＿＿＿＿＿＿＿＿＿＿

其他：＿＿＿＿＿＿＿＿＿＿＿＿

綜合意見：＿＿＿＿＿＿＿＿＿＿＿＿＿＿＿＿＿＿＿＿＿＿＿＿

11.希望我們未來出版哪一類的書籍：＿＿＿＿＿＿＿＿＿＿＿＿＿＿

讓文字與書寫的聲音大鳴大放

寶瓶文化事業股份有限公司

（請沿此虛線剪下）

廣　告　回　函
北區郵政管理局登記
證北台字15345號
免貼郵票

寶瓶文化事業股份有限公司　收

110台北市信義區基隆路一段180號8樓
8F,180 KEELUNG RD.,SEC.1,
TAIPEI.(110)TAIWAN R.O.C.

（請沿虛線對折後寄回，或傳真至02-27495072。謝謝）